危険球

木住鷹人

早川書房

危険球

目次

プロローグ　～西京極、夏

緊迫した試合展開が、真夏の熱気を更に濃密にしていた。

甲子園出場をかけた京都府大会決勝戦。

境風《きょうふう》学園硬式野球部の葉川信二《はがわしんじ》は、背番号のないユニフォームを着て、同じ姿の仲間たちと一緒に一塁側のスタンドに立っていた。すぐ横にはブラスバンドと応援団がいて、自チームの次の攻撃に備えて演奏の準備をしている。

彼方には怪物の力こぶのような入道雲が沸き立っている。しかし真上には何一つ遮るものがない突き抜けた空があって、目に痛いほどの青一色に濃淡なく染まっていた。外野スタンドの向こうは深い緑に覆われているが、球場の内側は木陰とは無縁だ。グラウンドは溢れる陽光に白く輝き、ゆらゆらと陽炎が立ち昇っている。直射日光とコンクリートの照り返しに挟まれたスタンドでは、そこにいる全員が、自分の足の裏がフライパンの上で焦げていくような感覚を覚え、蝉の声に混じって、ジリジリと土の焼ける音までが実際に聞こえてくるように感じていた。

汗が眉から睫毛にこぼれてきて、信二は思わず指の腹で瞼を押さえる。足元のクーラーバッグからビニール袋に氷を詰めた即席の氷嚢を取り出して、後頭部から首筋の辺りに押し当てた。陽射しに焙られた肌には冷たいというよりも痛いような刺激。だが、お陰で火照りは僅かに引いていく。

マウンドには仁科《にしな》涼馬《りょうま》がいた。境風学園の大黒柱、信二にとっては幼馴染であり、親友であり、憧れの存在だ。首筋は濡れて見えたが、顔には汗をかいていない。

涼馬は振りかぶると、高く足を上げた。ほんの一、二秒の間を置いて、その足が力強く踏み出されると同時に、弓のように撓《しな》った右腕が振り下ろされる。

白球は糸を引くような軌道で、一直線にキャッチャーミットに突き刺さった。

「ストライク！」

球審のコールにどっと歓声が上がる。涼馬は軽く右の拳を握りしめて、小走りでダグアウトに帰ってくる。信二はその姿を目で追いながら、同じように小さく拳を握った。

試合は終盤に入っていた。これから七回の裏、境風の攻撃だ。得点は0―0、ヒットは両チーム互いに三本ずつ。ヒリヒリするような投手戦だ。

涼馬が、今度はヘルメットをかぶってダグアウトから出てきた。

涼馬は境風学園の不動のエースであり、打者としても三番を打つスラッガーである。一度、二度と強く素振りをして、バッターボックスへ歩いていく。自チームのヒーローの登場に、ブラスバンドが大音量で演奏を始めた。応援団のエールに合わせて、スタンドの最前列ではチアリーダーが弾けるようにジャンプする。

相手チーム、木暮東《こぐれひがし》工業のエースは投手としては小柄だが、がっちりとした肩幅と太い脚が強靭なスタミナを感じさせる。グレーのユニフォームの胸のあたりが汚れていたが、前の打席の内野ゴロで一塁へヘッドスライディングした時のものだろう。闘争心が表に出るタイプだった。部員減少による弱体化が目立った木暮東が、彼の出現によって再び府代表の有力候補に数えられるようになった。

名前を、権田《ごんだ》至《いたる》という。

深くかぶった茄子《なす》紺《こん》色の帽子の下に、睨みつけるような鋭い視線が見える。ロージンバッグを右手の甲でポンと跳ね上げて、落ちてきたところを摑み取ると、地面に叩きつけた。

初めて権田を見た昨春の練習試合が、信二の脳裏に蘇ってくる。

5回からリリーフ登板した彼を、信二は今日と同じようにベンチ外の応援席から眺めていた。その時の印象は、球は速いがコントロールが悪く、じっくり待てば自滅するタイプでは——というものだった。事実その試合で権田は四球を連発して、境風は彼から2イニングで5点を奪った。

その年の夏も権田はあまり変わり映えせず、木暮東は予選で敗退した。境風学園は2年生エース涼馬の奮闘で勝ち抜いて、甲子園へ初めて出場した。2回戦で敗れたが、初陣校の外連味《けれんみ》のないプレー（マスコミはそう評した）と、涼馬のルックスの爽やかさが相俟《あいま》って人気は沸騰、京の球界に仁科涼馬ありと、地元は大騒ぎになった。境風が進学校であることから、涼馬は「京洛のインテリエース」と呼ばれるようになった。

ところが、新チームで戦う秋の大会から権田は変身した。時々すっぽ抜けの暴投はあるが、コントロールは別人のように安定。その上、力強い直球は超高校級と言われるようになり、木暮東が府大会で優勝、境風学園は決勝戦で涙を呑んだ。権田は近畿大会でも勝って、春の選抜で甲子園に出場し、ベスト8まで勝ち進んだ。

すべての試合を一人で投げぬいた権田の名前は、古豪復活の立役者として一気に全国区になった。その無類のタフネスぶり、ファイト溢れるプレーとは裏腹な無口なキャラクター、学校が工業高校で機械科であること――それらさまざまな要素が「鉄腕マシン」というニックネームを生んだ。プロのスカウトも注目し、ファンの間ではそのポテンシャルがしきりに喧伝《けんでん》された。

そして、今年の夏――。

境風学園と木暮東はがっぷり四つに組んで、3年生になった仁科涼馬と権田至がお互い一歩も引かない投球を展開している。二人の対決は全国的にも注目を集めていた。涼馬は人気抜群の「京洛のインテリエース」として、権田はプロ注目の「鉄腕マシン」として。

右バッターボックスに入った涼馬は、バットを立てて構え、静かな目の色でマウンドの権田を見つめている。

権田は突っ立ったままキャッチャーの方をしばらく眺めて、無造作にモーションに入った。蹴り上げるように足を上げながら一旦《いったん》目を切り、上体を捻る。視線を戻してホーム方向を睨み据え、そこからギアチェンジしたように勢いよく腕を振る。

速球がインサイド胸元へ――危ない！

涼馬は仰《の》け反《ぞ》って、バッターボックスの外まで二、三歩後ずさった。

おいおい、どこへ投げてんのや——強烈なヤジが飛ぶ。信二も思わず身を乗り出した。

「こら、ちゃんと勝負せいや！　怖いんか！」

涼馬は表情を変えない。深呼吸をして、肩を上下させる。バッターボックスに入り直し、もう一度バットを立てる。

権田の方も動揺した様子は微塵もなく、平然としている。キャッチャーが投げ返したボールを受け取って、縫い目のあたりを一瞥してから、帽子を取って右腕で汗を拭った。すぐに被り直すと、間を置かずに再び振りかぶる。足が上がった。

腕が撓り、指先を離れた2球目が空気を切り裂くように走る。外角低めのストレート。球威のある、いいボールだ——と思った瞬間、涼馬のバットが一閃《いっせん》し、乾いた音が響いた。打球はライト線の鋭いライナーだ。わっと歓声が上がり、信二もよっしゃあ！と叫んで打球を目で追った——が、球威にやや押されたのか、白線のわずか外側にバウンドし、ファウルグラウンドのフェンスに強く当たって跳ね返った。

沸騰しかけた声援がため息に変わる。涼馬は一塁に向けてダッシュしていたが、ちょっと天を仰ぐ仕草をして、バッターボックスへ引き返す。スタンドはまだ騒然としている。

信二は強張《こわば》った背中から力を抜いた。

惜しい当たりだった。さすがは涼馬だ。1球目にあれだけ厳しく内角を攻められても全く腰が引けていない。終盤になって、権田のスピードにも慣れてきている感じだ。これならストライクは確実に捉えられる。

「ええぞ、ナイスバッティング！　次はデカいのいけるで！」

信二が叫ぶと、涼馬がちらと視線を上げた。スタンドにいる大勢の中で目が合うことなんてまずないのに、あるか無しかの微笑みをこちらに送ってきた――ように見えた。

3球目。

権田の投球間隔は短い。動きも速く荒っぽいが、フォームは勢いよく跳ね上がるバネを連想させる。それまでと同じように振りかぶり、足を上げながら素早く上体を捩じると、溜め込んだ力を爆発させるように一気に右腕を振りおろした。

あっ――。

一瞬、信二の周りのすべてが、切り取られた静止画のように固まった。

鳴り響いているはずのブラスバンドの音が消え、陽射しも、光って見えるグラウンドも、空も入道雲も色を失って、自分の背中を濡らす汗だけが急に冷えたように感じられた。

権田のストレートは唸りを上げて――確かに回転音が聞こえた気がした――涼馬の側頭部を直撃した。ヘルメットが吹き飛び、避けようと上半身を反らせた涼馬はそのままの姿勢で動かなくなった。跳ね返ったボールが足元に落ち、その縫い目がハッキリ見えるほどに、ひどくゆっくりと、力なく転がって止まる。

スタンドが声を失った。誰もが呆然と、呼吸すら忘れて、ただ目の前の場面を凝視していた。

皆が、見えているものは間違いだ、これは映画のワンシーンで現実ではないのだと信じ込みたいような、そんな気持ちに捉われていた。信二の瞳も大きく見開かれ、視線は縛り付けられたように動かせなくなっていた。網膜には、権田の指先から涼馬の側頭部を結ぶボールの軌道が、白い稲光のような残像になっている。

そして、信二の固まった視線の先で、仁科涼馬はぐらりと身体を傾けた後、支えを失った朽ち木のように崩れ落ちた。

球審が大声でタイムを宣告し、屈んで涼馬の顔を覗き込みながら、ダグアウトに向かって何か叫んだ。監督、マネージャーが慌てて駆け出してきた。

「動かすな」

監督の発した小さな声が、隣で喋っているようにはっきりと聞こえた。涼馬を囲む全員が、そこに触れてはいけない空間でもあるかのように、差し伸べようとした両手を肩のあたりに浮かせて、中腰のまま固まっている。信二は漸《ようや》く金縛りから抜け出して、持っていたビニール袋の氷嚢を放り出すと、転びそうになりながらスタンドの最前列まで駆け寄った。

「担架だ、急げ」

叫び声になった監督を視界の隅に捉えながら目を凝らしたが、人垣に遮られて涼馬の顔は見えなかった。ただ彼の足が、両方ともピクリともせずに、スパイクの裏側をこちらに見せたままになっていた。

担架がグラウンドに運び込まれた。少し遅れて、医者とその助手らしき二人がダグアウトから飛び出してきた。監督は腰を屈めて涼馬を覗き込んでいる。駆け寄った医者も屈み込んだ。監督が少し身体をずらして、涼馬を近くで見させるために医者に場所を譲った。応援席の誰もが、音を立てるのさえ憚《はばか》るように動かずにいる。

暫《しばら》くしてから、マネージャー、ポロシャツ姿の部長、その他何人かが移動して、涼馬を囲んで腰を屈めた。見えているスパイクの裏側がゆっくりと持ち上がり、すぐ横の場所に、さらにゆっくりと下ろされる。担架で一旦《いったん》選手控室へ運ぶのか。すぐに動かさない方がいいのでは？――そう思う一方で、のろのろしたその動きが信二を苛立たせる。監督と医者が何か話しているようだが、よく聞き取れない。

涼馬を載せた担架がゆっくりと運び出されていく。信二は目を逸らせずにいたが、彼の姿がダグアウト奥に消えると、我に返ってスタンドの出口へ駆け出した。試合は続くが、正直それどころではない。

その時――。

「あんな球、避けられるでしょ」

スタンドが静まり返る中、はっきりと聞こえた。信二は飛んできた声に後頭部を殴られたように感じた。思わず立ち止まり、声のした方へ顔を向ける。

マウンドから数歩降りたあたりで、権田が腰に手を当てて突っ立っていた。

第一章　衣笠球場

一

あいつは特別や。

葉川信二には、もう何百回と繰り返してきた思いがあった。

天は二物を与えずってよく言うけど、あいつは例外なんや。あの野球の才能に加えて、イケメンやし、何よりあの性格だから、あいつを嫌いになる奴なんていないやろ。二物どころか三物も四物も揃っている、みんなの憧れの的。誰もが近づきたがり、話をしたくなる人気者。あいつと幼馴染で、僕はラッキーだと思うべきなんや――。

ちょっと卑屈な考え方なので、普段はできるだけそんなふうに思わないようにしていた。だが、仁科涼馬とチームメイトであること、親友であることを信二が誇らしく思っているのは紛れもない事実だった。

涼馬は小さい頃からいつも大勢の友達に囲まれていたが、決してガキ大将タイプではなかった。穏やかで、自分が前に出ることはなく、控えめにしている。誰に対しても責めるような態度を取らないから、普段はあまり目立たない。

ところが、緊迫した場面になると俄然その存在が凄みを帯びてくる。子供は仲が良くても些細なことで言い争いになったりするが、例えば同じクラスの友達どうしが喧嘩になると、涼馬自身が仲裁するわけではないのに、いつの間にか誰もが彼の目を窺うようになる。全身から滲み出るオーラのようなものに圧倒されて、涼馬がどう思うのか皆が注目し、彼の言葉を聞き漏らすまいと耳をそばだてる。喧嘩の当事者たちも涼馬の意見を知って、反省したり、意地を張るのをやめたりして、時を置かずに仲直りすることになる。そして涼馬が穏やかな顔色で「よかったね」と微笑むと、クラス全員が心の底からホッとするのだ。

そこには涼馬の抜きんでた運動神経とか、頭の回転の速さとか、性格の優しさとか、いろいろな要素があったのだろうけれど、子供の頃のリーダーというのはそんなふうにして自然に決まっていくものだ。誰もが涼馬を認め、慕っていた。涼馬と仲良くできることで、毎日を安心して過ごすことができた。

信二は幼い頃からそんな彼を見続けて、真似をして、結果は伴わなくても、ただその背中を追いかけてきた。

全ての面で実力差を感じていたが、それでも涼馬のようになりたくて、同じように振舞い、同じ目標を目指した。小学校、中学校、そして高校も同じ、文武両道と言われる私立の新興校・境風学園を受験し、進学した。涼馬は余裕で合格し、信二はラインぎりぎりの補欠合格ではあったけれど。

だがどういうわけか、涼馬はそんな信二を一番の親友として扱ってくれた。野球部にも、今思えば涼馬と一緒にいたいがために（つまり引きずられて）入部したのだが、涼馬の方はまるでそのことに気付いていないかのようだった。彼の振る舞いはいつも、あくまで仲の良い幼馴染としてのそれだった。

涼馬はいつも、俺はこうするけど信二はどうする、と訊いてきた。迷う素振りをすると、なあ一緒にやろうや、と上目遣いに言うのだ。そう言われると信二も安心して微笑むことができる。そうやな、ほなそうするか、ということになる。

入部して間を置かず、涼馬は本領を発揮し始めた。1年生の夏からベンチ入りし、2年生になると同時にチームのエースになった。ずっと補欠だった信二との差は、3年生になった時点では差と呼ぶことすら憚られるほどの開きになっていた。背中を追うどころか、それが彼方に霞んでいく状況を、信二はただ受け入れるしかなかった。

だが一方で、深く納得もしていた。レギュラー組の（特に涼馬の）試合での落ち着きぶり、ゲームへの集中力はとても真似できない。スタンド応援組も同じように苦しい練習に耐えてきたという自負はあるが、ただ耐えただけで、試合に出たら足が震えて、まともにプレーできないような気がする。これでは背番号がもらえなくても当たり前だ――。

落ち着き場所を見つけるように現在の自分を肯定する気持ちが信二の中に生まれ、胸の奥の方に居座った。涼馬を別世界の登場人物のように憧れを持って眺める――いつの間にか、それが当然のようになっていた。

しかしそうなってからも、涼馬の信二への接し方は何も変わらないのだった。

ベンチ外のメンバーは試合に出場しないので、普段の練習からサポート役に回り、裏方としてレギュラーを支えることになる。だから、守備もバッティング練習も別になるのだが、涼馬はいつも練習前のキャッチボールの相手に、自分を選んでくれた。

背番号をもらえないとわかった日もそうだった。控え組のウォームアップに向かおうとすると「どこへ行くんや」と声を掛けてくれた。何事もなかったかのように、無表情に投げてくる彼のボールが、左手に心地よい痺《しび》れをくれた。キャッチボールが終われば、レギュラー組とは練習が分かれる。僅かな時間だったが、信二は汗か涙かわからないものが頰を伝うのを感じ、何度も顔を拭った。

エースになっても偉ぶらず、自分のピッチングについてアドバイスを求めてくれたりもした。どこまでも対等な、同学年のメンバーとして接してくれたのだ。もしそこに少しでも驕《おご》りとか、補欠に対する憐れみとかが感じられたら、とても耐えられなかっただろうと思う。野球自体、この夏まで続けていたかどうかわからない——。

信二は身体を強張らせたまま、その場を動けずにいた。

脳裏には、その緊迫した状況にまるでそぐわない、セピア色の映像が静かに流れていた。時間にすればほんの数秒のことだったろう。何故こんなふうに昔のことを思い出すのか、理由は考えたくなかった。

死球の時、打者に当たったボールが勢いよく跳ね返れば大きな怪我ではない——そんな話を聞いたような気がするが、さっきのはどうだったか。鈍い、不気味な音とともに涼馬を昏倒させたボールは、バッターボックスのすぐ外側に転がっている。ちらとその位置を確認してから、信二は再びマウンドの方向に視線を向けた。

球審が権田の発した言葉を聞きとがめて、彼に向かって歩き始めた。表情は見えなかったが、肩から背中の強張りに、その怒気が見て取れる。何事か権田に向けて言葉を発した。

「勝負なんやから、あれぐらい避けてもらわなきゃ」

権田はその場に立ったまま、球審に対してもう一度、今度は大声でそう言った。信二は顔面が紅潮するのを自覚した。

観客の間に、戸惑うような囁き声が徐々に広がり始めた。やがてさざ波のようだったそれに怒声が混じり、起こったことが正しく認識されるにつれ、荒れ狂う波濤《はとう》となってスタンド全体を包み込んだ。球場は大騒ぎになった。

境風側のスタンドは怒りに満ちていた。

ふざけんな！

頭に当ててその言い草はなんや！

お前ぶっ飛ばすぞ！

罵声が飛び交う。反対側の木暮東の応援席だけが、自チームエースのあまりの態度に静まり返っている。

グラウンドの空気も一変していた。木暮東の主将であるキャッチャーが、肩を怒らせた球審を押しとどめようとして、なだめるような表情でしきりに何か言っている。内野手も全員がマウンド付近に集まってきていた。球審は立ち止まったが、キャッチャーが行く手を遮るように差し出した右手を払いのけて、かなり強い口調で激しく言い返していた。

木暮東の監督はベンチの前で、険しい表情で腕を組んでいる。高校野球では審判と直接話せるのは主将か伝令の選手に限られている。球審に駆け寄ろうとしてベンチを飛び出したところで、危うくそれを思い出して立ち止まったという感じだ。

球審はゆっくりと権田に歩み寄っていく。

キャッチャーは腕を後ろに組んで、必死の表情で話しかけながらその横を歩く。権田はと言えば、同じ姿勢で、腰に手を当てたまま立っていた。

信二は少し迷ってから、事の成り行きはひとまず放っておくことにした。もちろん権田の態度は頭に来たし、これからどうなるか気にはなるが、それよりまずは涼馬だ。

ダッシュして内野スタンドの出口を駆け下り、通路をダグアウトのちょうど真裏にある選手控室の方へ走る。

ドアの前にマネージャーが立っていた。

「だめだよ。今救急車呼んでる」

「中には？」

「監督と部長先生と、――おい」

手を振り切って、ドアを開けた。監督と部長が同時に振り向いた。監督は一瞬のうちに信二の頭から足の先までに視線を走らせると、小声だが強い口調で言った。

「葉川、スタンドにいろ」

「涼馬——仁科は」

「大丈夫だ。いいから戻ってろ」

信二は一歩踏み出そうとしたが、監督と部長の肩越しに聞こえてきた声が、それを踏み止まらせた。

「信二、心配すんな」

「動かずに」

被せて、同じ方向から静かだが毅然《きぜん》とした声がした。医者だろう。監督と部長はシンクロして元の方へ向き直る。

信二は暫くそのままの姿勢でいたが、声が聞けたことで気持ちは落ち着いてきた。

——これから病院へ行って精密検査をするのだろうが、意識がしっかりしていて喋れるということは、取り敢えず大丈夫そうだ。今は邪魔しちゃいけないし、自分がここにいてもできることは無い。

ゆっくりと踵《きびす》を返して、控室を出た。

冷静になると、グラウンドの方が気になってくる。

信二がスタンドへ続く階段を駆け上がろうとすると、ちょうど向こうから小さな黒いものを抱えた人物が降りてくるところだった。

「あ」

その人物の顔に目を奪われて、思わず声が出た。同時にふわりと鼻孔を打った場違いな、でも柔らかな甘酸っぱい香りに、一瞬だが頭がくらっとした。目の前に、大きく見開いてこちらを見つめる黒い瞳があった。信二も見つめ返しながら、自分の目も負けずに見開かれているだろうな、と思う。

「葉川くん」

「先輩——来てはったんですか」

上月奈津子《こうづきなつこ》は一学年上で、東京の東城大学《とうじょう》に進学したはずだった。境風在学中は新聞部で、野球部にも取材でよく顔を出していたから、今日は母校の応援に駆け付けたというところか。胸元に抱えている黒いものは、望遠レンズを装着した一眼レフカメラだった。

「仁科くんは？」

「今、救急車を呼んでます。わからへんけど——喋ってたし、大丈夫と思います」

「そう」

奈津子は眉を顰《ひそ》めて、視線を落とした。目を伏せると睫毛の長さが際立つ。会うのは半年ぶりだが、広めの額と、鼻筋は通っているのに先が丸っこいのと、シャープな顎の線は相変わらずだった。綺麗な長い黒髪を後ろでまとめているのが勿体ない。暑いから仕方ないけど——春ならよかったのに、と一瞬考えた。

「わざわざ応援すみません」

「退場になったわよ」

信二は最初、何のことかわからず暫く奈津子の顔を見つめた。

「相手のピッチャー。危険球で」

反応しようとしたが、声が出なかった。

危険球退場というのは、プロ野球では時々あるが、そもそもは野球規則の「投手の禁止事項」の中にある「打者を狙って投球すること」という部分が根拠だ。その行為があった場合、審判はその投手、またはその投手と監督を退場させるか、「再び同じ行為がなされたら退場処分にする」と警告を発することができる——というルールである。

プロの場合はそれが故意でなくても、頭部、もしくはその付近への死球となった場合は一発退場になる。プロリーグ全体に、選手生命に影響を与える行為を抑止する目的から、そういう申し合わせがあるのだ。

だがアマチュア野球の場合は、その投球が「故意」と判断されない限り、退場処分にはならない。もっと言えば、実際に身体に当たらなくても故意と判断されれば、スポーツマンシップに悖《もと》る行動として退場になる。投手の意図があったかどうかが問題なのだ。

と、いうことは——。

「権田が、わざと当てたってことですか」

「そう見做《みな》されたということね」

権田が、涼馬を狙って投げた――そんなことがあるだろうか。確かに避けるのが難しいコースには見えたが……。

あの瞬間は権田への怒りの感情しかなく、この野郎、謝れ！　という思いだけで、故意かどうかなど全く頭になかった。だが野球の選手が、本気でそんなことをするだろうか。同じ選手として、行為を発想することすら信じられない。硬式野球のボール、バット、スパイク、これらはみんな凶器だ。正しく使わなければ大怪我をするし、ボールの当たり所が悪ければ大げさでなく死ぬ。そんなことは、選手はみんなわかっている。だからこそ、練習にはその危険を未然に防ぐ工夫がいくつもしてあるし、どんなにエキサイトしても、選手全員が越えてはいけない一線を意識している――いや、無意識のうちにその一線が身体に刷り込まれている。

そもそも、高校野球で危険球退場というのは、前例があるのだろうか。

「どっちにしても審判の判断やけど、あの態度はあかんわ。あたしも退場になって当然って思ったもん。自業自得や」

この人、興奮してくると関西弁に戻るんやった。相変わらずやな。

「あいつ審判に、なんか言うてましたね」

「そうよ。『あんな球避けられる』とかなんとか……まるで仁科くんがのろまみたいな言い方。酷すぎるわ」

奈津子はぐっと唇を嚙みしめて、悔しそうにグラウンドの方向に顔を向けた。

「試合は、どうなってますか」

「向こうは3年生の控えピッチャーが出てきた。さっきまで投球練習してたけど」

ということは、間もなく再開されるだろう。

「僕、応援席戻ります。涼馬は出られへんけど、ここからホンマの勝負ですから。勝たんとあいつに申し訳ない」

「そうやね」

奈津子は頷いて、ちょっと笑みを見せた。

「応援頑張って。あたしは病院までついて行ってみるわ」

「東京へは、今晩帰らはるんですか」

「まだ決めてない。心配だし――」

ほんの少し、目元が潤んで見える。母校のヒーローを心配するあまり感情が昂《たかぶ》っているのか、気の強いこの人のことだから、権田の態度に対する怒りの涙なのか。

「じゃあね」

奈津子は小さく手を振って、身を翻《ひるがえ》した。鮮やかなオレンジ色のTシャツとジーンズの後ろ姿が階段を駆け下りて、遠ざかる。

信二はそれを目で追いながら、知らず知らずのうちに奈津子の残り香を探していた。

二

結局、試合は敗れた。

最悪の結果だった。リリーフに出てきた木暮東の3年生は権田が台頭する前にエース候補だった男で、打ち気にはやる境風打線をのらりくらりとかわし、内野ゴロの山を築いた。一方涼馬をリリーフした境風の控え投手は気負って球が上ずり、痛打を浴びた。

涼馬の負傷退場で感情的になった時点で負けだった――信二はそう認めざるを得なかった。木暮東は、その境風の心の乱れに上手く付け込んだのだ。境風ナインの気合は空回りし、彼らは冷静に、その隙を突いた。その結果が、0―4の敗戦だった。

境風学園は甲子園出場を逃した。

涼馬は大怪我だった。当たった瞬間は意識を失ったが、その後すぐに目も開き、言葉もしっかりしていたので一旦は脳震盪のみかと思われた。だが病院のレントゲン検査で側頭部の骨にひびが入っているのが判明した。ただ、幸いにも頭蓋骨内の出血や脳挫傷は見られなかったので、三日間安静にしたのち、一ヵ月の通院による経過観察と、完治まで野球及びその他運動の禁止という条件で、退院を許された。

一方、木暮東は甲子園の初戦で敗退した。

権田は登板しなかった。いや、周りがそれを許さなかった、と言うべきかもしれない。

あの危険球退場の後、権田へのバッシングは酷いものだった。

最初は地元紙への投書がきっかけだった。

試合の直後は、選抜ベスト8の木暮東が出場を決めたことへの期待感、お祝いムードもあって、その地元紙も権田の危険球については小さく触れる程度だった。SNSは平穏で、木暮東と境風両校の野球部関係者の間で、『仁科は大丈夫か』、『木暮東優勝おめでとう。でも来年はリベンジするで！』、『甲子園では俺らの分まで頑張れ』といった、極めて健全なやりとりがなされただけだった。

ところが数日後、地元紙朝刊に一通の投書が掲載されたのだ。送り主は、十三歳の中学生となっていた。

「僕は中学で野球をやっています。高校野球をいつも熱心に応援していますが、この間の京都の決勝戦はすごく後味の悪い試合でした。木暮東の権田投手は危険球を投げたのに、直接謝ったようには見えませんでした。先輩に失礼だけど、わざとじゃなくても、相手が怪我をしているのに態度が悪いと思います。せっかくすごい投手として尊敬していたのに残念です。権田投手はまず謝って、ぶつけられた仁科選手が許してあげて、そうしてはじめてまたいい勝負ができると思います。野球のいやな面を見た気がして、僕は今、進学した後に野球を続けるかどうか、すごく迷っています」

これを、その新聞社系列のローカルTVが採り上げた。スポーツ評論家や芸能人のコメントを交えながら、ああいうケースではきちんと帽子を取って謝るのが当然だ、権田君は少し天狗になっているのではないか、今からでも遅くはないから権田君はきちんと謝罪し、二人はライバルとして改めて握手するべきだ――という論調で番組を放送したのだ。

それ自体は至極まともな一意見だったとも言えるが、これで雰囲気は一変した。

ＳＮＳは気が付いたように、権田批判で溢れ返った。それまで「鉄腕マシン」、「プロ垂涎《すいぜん》の逸材」と権田を持ち上げていたスポーツ紙が「あんな礼儀知らずはいない」、「高校野球では前代未聞の汚点」とこき下ろした。木暮東の事務室にも抗議の電話が殺到し、地元教育委員会や高校野球連盟にまで抗議文が送り付けられる騒ぎとなった。

危険球を受けた涼馬自身は何も発言せず、さすがにマスコミも一高校生を追い回すようなことはしなかったが、それでも抗しきれなくなった木暮東は野球部監督と部長が会見を開き、権田の投球は決して故意ではなかったが態度に反省すべき点があり、よって審判の判定に不服はないこと、彼を厳しく指導し仁科選手に対して謝罪させること、それが叶うまでは対外試合に出場させないことを約束した。

権田を退場させた審判も最初は沈黙を保っていたが、ルール上、権田の意図が問題になる点がクローズアップされるに従い、黙するのも責任回避に取られると感じたのだろう。「権田君の将来のために退場処分を決断した」という趣旨のコメントを発表した。言外に、教育的見地から自分を見つめ直せと言いたかったのだ、という感情が滲んでいた。

だが、当の権田は一切の言葉を発することなく（彼はＳＮＳをやっていない）、その後の練習にも顔を出さず、涼馬への謝罪も行った様子はなかった。そして甲子園大会開幕の段になっても状況は変わらず、木暮東は会見で公約した手前、権田を出場メンバーから外さざるを得なかった。

権田を欠いたチームは、戦力ダウンはもとより世論を敵に回したようなムードにも押され、なすすべなく初戦で敗れたのだった。

信二はそんな騒ぎを、どこか空虚な気持ちで眺めていた。

――どっちにしても僕らの甲子園は夢と消えたのだ。建前上、周囲には地元代表の木暮東を応援すると発言していたが、権田がいなければ彼らが勝てないのはわかっていた。権田が謝罪しないのは危険球と判定されたことが不満なのかとも思ったが、どっちみち退場に値する態度だったのだから同じことだ。自分もこれから野球を続けていくつもりはなかったし、はっきり言えば、もうどうでもよかったのだ。

そこまで考えて、信二はいつも思いなおす。

――いや、もうちょっと正直になろう。

涼馬が崩れ落ちたあの瞬間の衝撃、決勝戦での敗戦、それもプレー以外の要因で負けた（という気持ちを今も拭えない）悔しさは、引退して普通の高校生に戻ってからも、時々亡霊のように蘇ってきた。例えば授業中、何気なく窓の外を見てグラウンドを舞う砂塵に気付くと、一瞬のうちに夏の西京極に連れ戻されてしまう。そうかと思えば、自分に向かって凄い勢いでボールが飛んでくるのに手足が動かず、大声で叫びだしそうになって目が覚めると深夜で、ベッドの上でぐっしょり汗をかいている。

権田がマスコミに叩かれる度《たび》、その亡霊は暫く遠ざかり、ささくれ立った気持ちは少しだけ和らいだ。はっきり言えば、スッキリした気分になれた。そんな気の持ちようは潔くないと、心のどこかで感じながらではあったが――。

ただ、試合直後のSNSや「甲子園では木暮東を応援する」と言ったことは、やはり綺麗ごとだったと言われても仕方がない。あの負けはやっぱり酷い傷で、まだその上に薄くかさぶたができただけなんだと、信二は思い知らされていた。

そして権田と木暮東を巡るその喧騒は、夏の甲子園大会が終わり、夏休みも終わって、世の中が普通のリズムを取り戻すにつれて、次第に収まっていった。決して消えてしまってはいないけれど、誰もが騒ぐのに飽きてしまった――そんな感じだった。

涼馬から連絡があったのは、そんな秋が少し深まった頃だった。

ちょっと朝早くて悪いけど、五時に家の近くの公園まで来てくれ、グラブを持って。

メッセージがスマホに入っていた。野球部を引退してから合宿所は出ていたし、学校が始まって顔は合わせていたが、まだ涼馬の怪我は治りきっていないだろうと、信二は自分からは話しかけていなかった。このメッセージが、ひょっとしたらあの試合以降初めて涼馬から受け取った言葉かもしれなかった。

涼馬の家は、京都市の西北、金閣寺の近くにある。小さい頃は信二と同じもう少し南の中京区《なかぎょうく》に両親と住んでいたのだが、高校入学と同時に学校に近い母方の実家に移って、祖父母と一緒に住んでいる。静かな住宅街で、近くに大学もあり、昔は画家や書道家といった文化人が多く住んでいた地区だ。京都という町はいくつもの顔を持っているけれど、その中でも屈指の穏やかな優しい顔つきのエリアで、まさに涼馬にピッタリだ――信二は常々そう思っている。

バスがまだ動いていないので、自転車で行った。

家の近くの公園というのは子供を連れたお母さんたちが来るような場所で、球技は禁止だったかもしれない。土の広場と少しの緑、確かベンチと公衆トイレがあった。だが早朝なら誰もいないだろうし、キャッチボールくらいなら大丈夫だろう。

公園に着くと、広場の真ん中に涼馬が突っ立っているのが見えた。彼は軽く手を上げて見せたが、それより驚いたのは、彼がユニフォーム姿だったことだ。

「なんや、その格好は」

信二は自転車から降りて、つんのめりそうになった。寝起きで、まだ筋肉が覚醒していない。さすがにこの時間だと、秋の空気は残っている夏の気配を覆い隠して、肌寒さすら感じさせた。その中で涼馬は右手にバットを握って、ちょっと頷いて見せた。表情は硬く、まだ周りが薄暗いせいか、ひどく青白く見えた。

「まだ、――やったらあかんやろ」

「大丈夫や。もうすっかりええねん」

涼馬は側頭部をさすりながら唇の端で微笑むと、バットを肩に担ぐようにした。信二は黙って歩み寄ると、涼馬の目を覗き込んだ。

「嘘つけ。頭にひび入っとって、そんな簡単に治るかいな。ほんまやったらまだ入院しとらなあかんのやろ」

「大丈夫やて。身体がなまってしょうがないんや。動かへんかったら、却ってつらい」

涼馬は一旦背を向けて離れると、振り返って信二の後ろの方を指さした。

「俺、打席で構えるから、もうちょっと下がって、その辺から投げてくれへんか」

「お前、打つつもりか」

「まさか。こんな狭いところで打たへんよ。眼を慣らしたいんや。リハビリの一環や」

「ちょっと待てや。ぶつけたらどうする」

涼馬はちょっと声を上げて笑った。

「大丈夫や、お前かて昔はピッチャーやないか。全力やなくていい。球筋をしっかり見て、眼を元に戻したいだけやから」

信二が黙ったままでいると、涼馬はさっさとヘルメットをかぶり、バットを立てて再び信二の後ろを指さした。振り返ると、10メートルほど後ろにボールを入れたかごが置いてあるのが見える。

あの試合の後、涼馬は野球をしていないはずだ。自分たち3年はあれで引退、練習の手伝いをしている奴もいたが、涼馬は治療中で医者にも止められていたし、グラウンドに来たこともなかった。今日ここで、こんなふうにボールを彼に向かって投げていいものか。自分のボールなど大したことはないが（投手はクビになって今は捕手だ）、それでも硬式球だ。全力でなくても、万一ということもある。

「なあ涼馬、まだやめとこう。お前、あれ以来ボール触ってないやろ。僕かてそうや。なんかあったら大変や」

涼馬は無言だった。バットを立てたそのままの姿で、黙って構えに入った。キャッチャーの位置には、古いネットが緩く張ってある。ちょうど木立があって、背の高さあたりの枝と幹の下の方に、四隅を紐でくくられていた。

「おい」

返事は無い。信二は諦めて、小走りにかごの方へ行った。

改めて対峙《たいじ》すると、随分雰囲気が違う。まずマウンドが無いし、距離はルールより短め、周りの景色も木立の向こうにはベンチなどが見えて、とても本気で投げる気にはならない。

「ゆっくりいくぞ」

信二は肩を回しながらそう声をかけて、なおしばらく躊躇《ためら》った後、キャッチボールの初球のような緩さで投げた。ボールは山なりの軌道を描いて、ネットの左隅——外角低め——に当たって、そのまま地面に転がった。

そして、信二は衝撃で立ち尽くした。

ほんの一瞬だったが、涼馬が逃げたのだ。ボールはハエが止まりそうな緩い球だった。しかも右バッターの身体から一番遠い、外角の低めだ。信二自身、普通に投げるのは正直怖くて、できるだけ涼馬から離れたコースに投げたかった。

それでも、涼馬は腰を引いた。信二の指からボールが離れた瞬間、彼の全身が強張り、まるでコマ撮り映画の中で人形が動くようにピクリと後ずさった。ボールがネットに当たった後で、言い訳でもするように外角低めを覗き込むような仕草を見せたのが、却ってその前の動きを際立たせていた。

「肩が温まったら、もうちょっとちゃんと投げてくれ」

涼馬の声が、ずいぶん遠くから聞こえてくる感じだった。

信二はまだ半分、自分の目を疑っていた。鋭い踏み込みで外角球を痛打していた涼馬の打撃フォームが、繰り返し頭の中で再生されていた。

そんなはずはない。場所もグラウンドやない。だから、今のはきっと錯覚——なんかの間違いや。もう一回投げたら、今度の反応は絶対違う。

信二は黙って、かごからボールを取り上げた。軽く深呼吸して、気持ちを落ち着かせる。今度は振りかぶって、少し足も上げた。涼馬を見据える。緩い球を、やっぱり外角低めに。さっきよりは腕を振って、投げおろした。ボールは今度も山なりに、でも前の球よりは速く、ネットの左隅に当たった。

そして信二は、自分の目を信じるしかなくなった。涼馬は、今度もまたコマ送りの人形の動作を繰り返したのだ。

漸《ようや》く、信二は全てを理解した。

涼馬は、あの死球でボールが怖くなったのだ。そうなった自分を何かのきっかけで知り、元へ戻ろうともがいているに違いない。それも、誰にも気づかれないうちに。

そのために、いろいろな条件を揃えて、自分の身体に残る死球を受ける前の記憶を、一日でも早く呼び覚まそうとしている。完治していない状態で打席に立とうとするのも、ユニフォームを着ているのも、誰もいない早朝に、グラウンドでないこんな場所に僕だけを呼んだのも、全て以前の自分を取り戻したいという、涼馬の悲痛な叫びなのだ。

三

それから約一ヵ月の間、信二と涼馬は毎日、早朝の公園で向き合うことになった。

信二が公園に着く頃には、涼馬はユニフォーム姿で既に待っている。そして無言のまま、15メートルほどの距離を挟んで二人は向き合い、信二がボールを投げる。

最初の朝のように、緩いボールだけではない。肩が温まって力を込められるようになれば、ある程度のスピードボールも投げた。その方が、早く感覚が戻るかもしれないと思ったからだ。コースは決まって外角低めではあったが。

だが、駄目だった。

涼馬は必死だった。顔面蒼白になって、脂汗を浮かべて何度もボールに向かおうとするが、全身が金縛りにあったようにさえ見える。

普通より遠く距離を取って、長くボールを見られるようにもしてみた。だが、これも効果はなかった。信二が投げた瞬間は、涼馬は構えたままの姿勢を保っている。しかしボールが接近すると、やはり腰砕けになって後ずさりしてしまう。ボールの速さとか、距離の問題ではなく、自分に迫ってくる物体への恐怖――左側頭部に受けた衝撃が身体に刷り込まれて、涼馬から打者としてのすべての感覚を奪っているように思えた。

信二が腕を振ろうとしたその時、涼馬がホームベースの位置に覆いかぶさるように身を乗り出してきたことがあった。一瞬克服できたのかと感じたが、投げたボールがそのまま涼馬の腰を直撃して、信二は彼が目を閉じていたことに気付いた。

「何やってんだ！　また頭に当たったらどうする！」

「見えたらどうしてもアカンのや。この眼さえ……」

「落ち着けや。眼を慣らすんやろ？　見えないまま踏み込んでも意味ないやろ」

涼馬は黙った。そして思い出したように、腰を押さえてうずくまった。

「大丈夫か」

慌てて駆け寄る信二を制して、涼馬は顔を上げた。口元には苦笑があったが、噛みしめた唇が切れて、血が滲んでいた。

「まったくや。――俺もどうかしてる」

信二は何も言えず、涼馬を助け起こすことすら忘れて立ち尽くした。あの涼馬が、冷静な判断ができなくなっている。

かごのボールが無くなると、信二はネットの位置まで拾いに走る。涼馬もバットを置いて拾うのを手伝ってくれる――黙ったまま。

かごを一杯にしてから、信二は元の位置に戻って、また投げる。それを繰り返す。そうやって小一時間も続けていると、周囲は薄暗さが消えて、街の朝がくっきりと輪郭を見せ始める。ぽつぽつと歩道を歩く人が現れ、動き出した市バスの音が聞こえてくると、それが合図になる。

「じゃ、また明日」

「ん」

交わす言葉はそれだけだった。信二は自転車に跨《また》がって、振り返らずに公園を出る。

自分はケガの後遺症というか、心理的な影響について詳しいわけではない。けれど、一度のケガが肉体的でなく精神的な原因となって、スポーツ選手が引退に追い込まれた話をいくつか聞いたことがある。人間には自分の肉体を守ろうとする本能がある。それに逆らって恐怖に打ち勝とうとする姿には、美しさというよりは物悲しさがあると思う。その努力が如何に難しくて時に空しいか、経験したことのない者でも容易に納得できる。

でも、納得してる場合じゃない――信二は頭を振って、ネガティブな思いを追い出した。焦らず時間をかけることだ。諦めたらそこで終わりなんだから。

その朝も、走りながらそんなことを考えていた。

このまま西大路《にしおおじ》通沿いに中京区、円町《えんまち》の少し南にある自分の家まで帰って、朝飯を食べてから登校する。時間の余裕はあるが、なんとなく飛ばしたい気分だった。ペダルをこぐ足に力を入れると、風を切る音に耳が冷たくなる。いつのまにか身体が汗ばむ季節は過ぎ去って、吐く息の白さに気付く日々が、もうそこまでやって来ていた。

京都の冬は水墨画みたいだ、と思う。寺とか神社、町家の屋根もモノトーンに沈み、そのバックに山があって、木々が凍えたように屹立《きつりつ》している——その景色が教科書で見た雪舟の水墨画とイメージが重なるのだ。規制で建物の煌びやかな装飾や高層ビルもないから余計にそうなのだろうが、確かにあったはずの夏の鮮やかな緑や、秋の燃える紅といった色彩が失われると、否応なしに季節が過ぎ去ったことを思い知らされる。

信号で止まった時、尻のポケットに入れたスマホが震えた。片足を地面に下ろして、跨ったまま画面を見た。

今日授業が終わったら、もう一度公園で会えないか。普通の格好でいいから。

涼馬からだった。

これから学校で顔を合わせるのに、——一瞬そう思ったが、すぐ考え直した。公園じゃなきゃできない話があるということか。

了解と返信してから、信二は自転車を降りて走ってきた方を振り返った。

真っ直ぐに伸びた道路の向こうに、縮こまったような左大文字が見える。朝日の光は重い雲に覆い隠されて、淡い墨の色に沈んでいた。人は起きだして車も動いているのに、街自体はまだ知らんぷりをして、眠り込んでいるように見えた。

夏休みの間はあれこれ練習を手伝ったりしていた3年生も、秋が深まる頃には勉強一本という感じで授業に集中していた。境風学園は、京都屈指の進学校である。地元関西はもちろん、首都圏の国公立大学、有名私立大学へも多くの卒業生が進学する。成績や進路志望に従ってクラス分けされていて、信二は有名私大を目指すコース、涼馬は国公立受験組に在籍していた。もっとも、涼馬には野球の推薦という手段もあるはずだ。直接聞いたことはないが、全国的に有名な大学野球リーグに所属する学校からも話が来ているらしい。

どうするつもりやろ。

もしあの危険球と、早朝練習という展開がなければ、もっと気楽に話し合っていたはずだった。二人とも受験する場合、涼馬と同じ学校に進学するには自分の学力がちょっと足らないが、まあそれは仕方がない。道は分かれるにしても、もっと自然に、科目の得手不得手や将来への希望とかについて言葉を交わしていたはずだったのだ、普通の受験生として。

公園へは、学校から直接向かった。なんとなく気が進まないような、憂鬱な気分で、わざとゆっくり、細い道を歩いた。

今日は一日太陽が顔を見せなかった。風が冷たくて、今朝からまた少し季節が進んだように思う。僕らの高校生活も、こんな感じで坂を転げるみたいに終わっていくのだろうか——信二は前屈みになって、舞い落ちてくる枯葉を踏みしめた。

同じ場所に同じように、涼馬は立っていた。ユニフォームではなく、制服姿で。リュック型の鞄を片方の肩にかけるようにして、今朝ネットが張ってあった木立の方をぼんやりと見つめていた。

近づいていくと、涼馬は気付いてこちらに向き直り、ちょっと目を伏せた。

「すまん」

「別に。どうしたんや」

暫く黙ってから、視線を上げた。

「長いこと付き合ってくれて、ありがとう。朝練は、今日で終わりにしよう」

そう言われて、涼馬がそんな風に言い出すんじゃないかと薄々感じていた自分に、そして、それを恐れていた自分に気が付いた。

「僕は別にかまへんぞ、続けても」

涼馬は再び目線を足元に落とした。

「もうちょっとやないか。春までに戻さんとアカンやろ」

「いや——もうええ」

「ええことあるかいな。僕と違って、お前はこれからも野球で勝負できるやないか」

「ちょっと、歩かへんか。このへん雰囲気ええんや」

気勢を削がれた感じになって、信二は黙った。涼馬は俯《うつむ》いたまま、ポケットに手を突っ込んで歩き出す。

付いていくより仕方がない。信二は歩きながら話すタイミングを計ろうと思った。

涼馬は公園を出て、細い道をぶらぶらと歩いた。方向としては北に向かっているようだ。大きく傾いてから漸く顔を出した秋の夕陽が、二人の右側に弱々しい影を作っている。このまま進めば立命館大学のキャンパスがあって、その向こうには金閣寺があるはずだった。

涼馬は元に戻らない自分自身に、相当なショックを受けているのだろう。だが、ここで踏ん張らないと事態はどんどん難しくなるような気がする。

ずいぶん昔に読んだ漫画に、動物園の飼育係の話があった。ある時、着慣れた服を洗濯したことをつい忘れてライオンに近付く。彼に慣れているはずのライオンは、匂いの違いを警戒して襲い、彼は腕に大怪我をしてしまう。飼育係は治療のために一旦ライオンの担当を外れようとするが、先輩が彼に言うのだ。

「今外れたら、お前は怖くて、これから二度とライオンに近付けなくなるぞ。何が何でも今は続けるんだ」

細かい部分は忘れたが、確かそんな話だった。

ましてや、涼馬は僕たち同期の希望の星なのだ。たまたま不運なデッドボールで甲子園には出られなかったが、その実力は全国レベルだし、将来はプロ入りだって夢じゃない。これから本物のヒーローになっていく男に、こんなところで諦めてもらっては困るのだ。

「ずいぶん寒うなったな」

涼馬はそんな信二の心中を知ってか知らずか、呑気《のんき》な調子で言う。

「——なあ、僕は自分がデッドボール当たってないから、お前がどれだけキツいんか、ホンマのところはわかってないと思う。でも、まだ一ヵ月やないか。なんぼでも付き合うから、もうちょっとやってみようや」

涼馬は答えない。夕日の方を眩しそうに眺めたり、足元を見つめたりしながら歩き続ける。

気付けば立命館の正門の前だった。涼馬は躊躇う様子もなく、そのままの足取りで正門を通り過ぎ、キャンパスの中へ向かってなだらかな坂道を下りていく。

「どこまで行くんや」

「あの建物、図書館なんやて」

坂道を下りきったあたりで、涼馬は右手の方に向かって顔を上げた。白く美しい、パルテノン神殿のような巨大な建物が聳《そび》えている。

「まだ出来て間もないけど、もうしっかりここに根付いてる。出入りしてる人たちを見て、そう感じる。俺は入ったことないけど」

そう言ってから、ずいぶん久しぶりに信二の顔を真っ直ぐに見た。

「あれができる前、ここに何があったか知ってるか？」

「さあ、知らんな。なんやろ」

「体育館や。けどな、そのもっとずうっと前、大昔――ここに、野球場があったんや」

「野球場？」

涼馬は頷いて、またパルテノン神殿の方を向いた。

「衣笠球場。でっかい、西京極と同じくらいのな。一時は、プロ野球チームの本拠地やったらしい」

その時、小さな白いものがひらひらと舞って涼馬のリュックに落ちた。何か、灰のような――どこかで焚火でもしているのかと思った瞬間、涼馬が空を見上げて呟いた。

「雪や」

信二もつられて、それまで涼馬を見つめていた視線を上に向けた。さっきまで二人の影を映していた夕日は全く見えなくなり、わずかに残った頼りない明るさで辛うじて日没前だとわかるが、いつの間にか重そうな雪雲が垂れこめて、小さな白い粒が堪《こら》えきれなくなったようにちらり、ちらりと舞い落ちて来ていた。寒くなったとはいえ、まだ十一月だ。底冷えすると言われる京都でも、この時期の雪は近年珍しかった。

信二は訝《いぶか》しむ気持ちで、再び涼馬を見た。

「もっと降ったら、あの衣笠山が雪化粧してな。綺麗やぞ」

涼馬はパルテノン神殿と時計台のある建物との中間あたりの方向、そのさらに奥の方をぼんやりと眺めながら言った。そこにはこんもりと形のいい、化粧前の衣笠山が、無表情なまま二人を見下ろしていた。

昔、衣笠球場というスタジアムがあったという話は、信二も聞いたことがあった。だが、生まれるよりずっと前の話のはずだ。

「そうなんか――球場か」

涼馬は衣笠山の方を見たまま、うん、と頷いた。

「いま俺、じいちゃんのとこに居るやろ。引退したからまた実家へ戻るけど。じいちゃんも野球やってたから、この三年間、いろいろ話したんや。その時に聞いた話」

信二は黙って、涼馬の肩のあたりを見ていた。

「じいちゃんが生まれて、物心ついた頃かな。衣笠球場でプロ野球の試合を見たことがあったんやて。太陽ロビンス対――どこやったかな、大映スターズって言うてたかな……。とにかく、プロ野球の黎明期の話や。でもすごい人気で、試合当日は球場へ向かうファンが西大路の、わら天神のへんまで溢れて大混雑やったらしい」

また小さな雪の粒が、はらりと涼馬の肩にとまるのが見えた。

「今のここらの雰囲気からは、ちょっと信じられへんよな。プロの試合があったのは短い期間らしいけど、でもそんな時代が、確かにあったんや」

何か、言葉を繋いだ方がいい気がした。

「そんな――そんな人気やったのに、なんで球場なくなったんや」

「さあ、なんでかな」

涼馬はちょっと首を傾げる仕草をした。

「いろいろ理由はあるんやろうけど、他に立派な球場がたくさんできたしな。ナイター設備とか、やっぱりないとあかんし、何と言ってもここは大学の敷地内やからな、興行には難しい面が多かったと思うし……よう知らんけど」

「ふうん」

「時代の流れなんやろな。その時は木造のスタンドでも設備としては多分珍しくて、プロのチームにとって貴重やったんや。学生野球の方が人気が上で、プロは職業野球いうて、一段低く見られとった時代やから。それに、西京極はＧＨＱに接収されとったんちゃうかな、その頃」

「ああ、終戦してすぐの頃やからな」

「けど、それから時代は変わっていった。衣笠球場も、球場として頑張るよりも、大学の施設として相応しい存在になることにしたんやろ」

ため息交じりの、ちょっと投げやりな感じの口調だった。

「俺は、それでよかったと思う。抗っても、どうしようもないことってあるからな」

「なんか、昔の友達のこと喋っとるみたいや」

「そうかな」

涼馬もそんなに詳しいわけではないらしかった。

信二は強引に話を戻した。

「それよりやな、さっきも言うたけど、朝練はもうちょっと頑張ろう」

涼馬はわざわざ僕を呼び出して、やめると言い出した。わざわざ僕に、だ。つまりは、僕に続けるように説得してほしいのかもしれない。全く今までの涼馬らしくはないけれど、彼だって自分自身を信じられずに、誰かに支えてほしくなることだってあるはずだ。きっと。

「少しずつやけど、慣れてきてる感覚があるやろ？　まだ元通りとは言えんけど、続けていけばちょっとずつ変わってくると思う。ここが踏ん張りどころや」

熱っぽく言ってみたが、あまり響いている感じはなかった。衣笠山を見つめる横顔には、目尻から頬のあたりが微かに歪んだ、苦しそうな表情が浮かんでいる。

「権田は結局、お前に謝ってないんやろ」

少し違った方向から言葉を投げてみた。果たして、涼馬は驚いたようにこちらを向いた。

「謝る？」

「そうや。デッドボール当てといて、しかもあんなビーンボール投げといて、詫びの一言もないんやろ。酷い話やで」

口にしたら、胸の奥の方にしまっておいたはずの怒りが蘇ってきた。

「おかげでお前は大怪我して、これだけ苦労してる。そりゃ、あいつも叩かれて、甲子園にも出られへんかったけど、身体痛めたわけやないし、それがなんぼのもんや。それこそ自業自得やないか」

涼馬は無言で顔は信二に向けていたが、目を見てはいなかった。彼の視線は、信二の胸の少し手前の空間に焦点を結んでいた。

「怒りのボリュームはお前とは比べ物にならんやろけど、それでも僕もまだ頭に来とるんや。権田とは、いつかきっちり話せなアカンと思ってる」

「あれは」

涼馬が口を開いた。声がびっくりするくらい掠《かす》れていた。

「あれは、ビーンボールやない」

そう聞こえた。

信二の中ではあるはずのない言葉だった。会話を続けようとしたが、うまく声が出ない。口籠《くちごも》っていると、涼馬の方が先に言葉を継いだ。

「今日は付き合わせてすまんかったな。ありがとう。じゃ、明日は無しな」

そう言うと軽く手を上げて、背を向けた。下りてきた坂道を、大学の正門の方へ向かって歩いていく。俯いているのか、背を丸めたような後ろ姿は、信二の知っている仁科涼馬とは全くの別人だった。

四

翌日は土曜日だったが、信二は公園に行ってみた。だが、やはり涼馬は現れなかった。

涼馬は野球をやめるつもりかもしれない。まさかとは思うが、いうことを聞かない自分の身体に驚き、戸惑っているのは間違いない。今までが凄かっただけに、そのギャップに衝撃を受けて、早すぎる結論——それも誤った結論を出してしまうこともあるかもしれない。

ネットの張られていない木立をぼんやり眺めていると、また悔しさがこみ上げてきた。納得できない話だった。

それじゃまるで、権田に野球を止めさせられたみたいやないか。そんなのダメや、絶対に許されへん。

ポケットが震えて、我に返った。画面を見ると、知らない番号が表示されている。

「はい」

「葉川くん？」

名乗らずに出ると、柔らかな少し低めの女性の声がした。聞いた瞬間、意外には感じたが、その声の持ち主には確信があった。

「そうですけど」

「あたし。上月です」

やっぱり奈津子さんだ。

「ごめんね、こんな早くに、いきなり携帯に電話して」

「いいですけど、よく番号わかりましたね」

信二にとって、奈津子とこんなふうに話すのは初めてのことだった。LINEも繋がっていないし、個人的な連絡を取ったことはなかった。

「仁科くんに聞いたの。葉川くんと話したかったから」

僕と話したかった……？

なかなか気持ちが高揚する言葉だった。

「どうかしましたか」

「今、仁科くんを待ってるんでしょう」

どうして、と訊きかけて信二は黙った。自分が毎朝ここへ来ていることは涼馬しか知らない。奈津子自身、たった今携帯の番号を涼馬から聞いたと言っていた。

「仁科くん、来ないわ」

「――なんで知ってはるんですか」

少しの間、沈黙があった。

我ながら間の抜けた質問だと思っていたら、もう少し低くなった声が聞こえた。

「お願いがあるの」

その声には、低さとは裏腹にどこか昂ったような響きがあった。だが反対に、信二の高揚した気分の方はいつの間にか萎《しぼ》んでいた。

「今、東京ですか」

「うん。――実はさっきまで仁科くんと話してたんだけど」

微かな息遣いの後、思い切ったような口調で奈津子は続けた。

「彼に、練習を続けるように言って。――励ましてあげてほしいの」

僕はそのつもりですよ、という言葉が出てこなかった。

「どういうことですか」

「彼、弱気になっていると思う。でも、酷い怪我やったんやから、元に戻るまで時間かかって当たり前やん。いくら涼馬でも、一人で頑張るのはしんどいよ。涼馬のつらさを理解できて、サポートできる誰かが横にいて、愚痴を聞いてあげたり、勇気づけてあげる必要がある。それができるの、きっと葉川くんだけやから」

「涼馬――ですか」

奈津子さん、涼馬って呼ぶんや……。

「涼馬――仁科くんは境風が生んだヒーローやん。こんなところで躓《つまず》いたら絶対後悔すると思う。

葉川くんなら、きっと助けられる」

目を上げると、雀だろうか、木立の向こうの草地にちゅんちゅんと囀《さえず》りながら集まっていた数羽が、驚いたように飛び去るところだった。

ネットを張っていた時には、あそこではあんな風に遊べなかったわけやな。そう考えると、あいつらに悪いことしたんかな。

「聞いてる？」

「もちろん、聞いてますよ」

「葉川くんは、仁科くんとは幼馴染で、親友なんでしょう」

「あいつと、どんな話をしたんですか」

信二は硬い口調で、奈津子を遮《さえぎ》った。

「――ケガが心配で、その後どうって電話したの。その時に、あなたと早朝練習をしてるって聞いた」

新聞部の奈津子が何度も取材に来ていたのは、よく覚えている。涼馬は中心選手だったが、学年も違うし、奈津子が彼だけにフォーカスしていた記憶はない。レギュラーには均等にインタビューしていたし、信二たち補欠にも声を掛けてくれた。

けど涼馬とは、そんなふうに軽く電話できる関係だったわけだ。

「今すぐはデッドボールのショックというか、後遺症があったとしても、元々センス抜群やし、ウチの大学の野球部も欲しいと言ってるのよ。彼やったら神宮のマウンドでも通用する素質があるって。だから、ここを乗り越えたら……」

「先輩は、――すいません」

再び遮るような形になったので、思わず謝っていた。

「先輩は、何でそこまでしはるんですか」

「何でって、心配やから」

奈津子は少し間を置いて、呼吸を整えていた。

「境風でこれだけの選手って、初めてやん。ＯＢはもちろん地元のファンも含めて、期待してる人はたくさんいる。――心配なんよ。あんな弱気になってる涼馬、初めてやから」

「そやけど、それは涼馬が決めることですからね」

思わず、自分でも言うつもりのなかった言葉が口をついて出ていた。どの瞬間からそうなったかよくわからないが、信二は遥か離れたところから、若者の甘ったるい会話を眺めている白け切った中年男の気分――中年って多分こんな風だろう、という想像だが――になっていた。電話を受けた時の浮き立つ気持ちはもはや見る影もなく、むしろ、ささくれ立ってしまっていた。

「それは――そうやけど」

「涼馬から聞かはったと思いますけど、僕もだいぶん言いましたよ。もうちょっと頑張ろうって。けど、これも知ってはるんでしょうけど、あいつ頑固ですからね。僕がどうこう言うて説得できるような奴じゃないし、それができると思うほど、僕も自惚《うぬぼ》れてません」

「……」

「それに、結局のところ、周りに言われてやってもダメじゃないですか。本人が考えて、とことん突き詰めて、自分で肚を決めないと意味ないです」

もし奈津子さんが目の前にいたら、こんな風には言えなかっただろう。あの長い睫毛と丸っこい鼻の先に目を奪われて、僕もそう思います、精一杯やってみますとか、へらへら喋っていたに違いない。電話というのは、そういう意味で実にいい。——いや、本当はよくないのかもしれないが。

「冷たいんやね」

「そう思いますか」

「葉川くんは、もっと仁科くんに親身になってくれると思ってた」

「なってますよ」

「小さい頃から、ずっと一緒に頑張ってきたんじゃないの？」

「でも、僕は涼馬じゃないから」

何を言うてるんや、僕は……。

「わかった。もうええわ。——早くにごめんね」

電話は切れた。

しばらくの間、信二は雀が飛び去った後の木立から視線を外さず、考えた。もっとも、正確に言えば後悔と怒気と諦念と困惑と悲嘆が胸の中でぐるぐると渦巻いて、とても考えるといった状態ではなかったのだが。

もっと大きな感情は、嫉妬なのかもしれないとも思う。だが、誰の何に対して？

奈津子と涼馬が、相当に——付き合っているかどうかはわからないが、おそらくその程度には——親しいということは明らかだった。それに気付いて、信二は石を呑み込んだような気分になった。それは事実だ。

確かに、僕は奈津子さんに憧れている。けれど、一つ上の大学生というだけで僕より遥かに大人で、女性（しかも魅力的な）で、そんな人が僕に今までとは違った顔を見せたからといって、別に事件でも何でもない。

そんなことは、何でもない。当たり前のことだ。

信二は空を見上げて、深呼吸した。冷たい空気が胸の中に入ってきたが、身体全体は妙に火照《ほて》った感覚だった。耳の奥で、心臓の鼓動が聞こえる。

もう一つ、別の感情がある。

僕はずっと涼馬の背中を追いかけてきた。そのベクトルを疑いもしなかった。奈津子さんの言うように小さい頃からずっと一緒だったし、心理的にも一番近いところにいた（はずだ）。だから、僕だけが涼馬を真の意味で理解していると思っていた。自分は、ヒーローを支える裏の主人公のつもりでいた。だが、無意識のうちに（いや、奈津子さんのお陰か）僕自身の口をついて出たように、涼馬の問題を解決するのは、涼馬自身だ。どこまで行っても、僕は涼馬にはなれない。

そう考えた時、改めて思った。

だとしたら、僕は何だ？

あいつが不調の時、力づけてはきた。けど、それは励ましの言葉をかけて格好良くヒーローを支えれば、いや支えていると思い込めば安心できるから、居心地がいいから、そうしてきただけじゃないのか？

僕は涼馬は負けないと信じていたし、実際、彼はこれまで真の意味で挫折したことはないと思っている。だが今回、涼馬が初めて立ち直れないかもしれないと思い、言い知れぬ不安に襲われた。それは、横にいて一緒に行動すれば、安心を与えてくれる存在が失われることへの不安ではなかったか。

涼馬がいなければ何もできない、意味のない存在――。

いや、そんなことは、断じてない。

少し耳鳴りがして、信二はもう一度深呼吸をした。

ここからこうやって、木立のネットに向かってボールを投げていたのが、もうずいぶん前のことのような気がした。

足元の小石を拾い上げて、投げてみた。それは幹に当たって乾いた音を立てたが、もう雀は一羽も残っていないようだった。

五

学校が休みなのでそのまま家に帰って、着替えずにベッドに寝転がった。

昨日からいろいろなことがあって、うまく胸の内が整理できない。天井の染みを端から順に眺めながら、信二はぼんやりと考えた。

早朝練習……涼馬……奈津子の電話……。

衣笠山の雪化粧……図書館……衣笠球場……もう一つ——涼馬がなんか気になることを言うとったような気がする。なんやったかな……。

いつ、どこでやったかな……うん、やっぱりあの球場の話をしてる時や。何か、聞いた時びっくりしたような気がする。あれは、確か……。

信二は思わず身を起こしていた。そうや、思い出した。

「あれは、ビーンボールやない」

涼馬は、確かにそう言った。信二が権田を許せないと言った時に、掠れたような声でそう言ったのだ。

あの時、涼馬が崩れ落ちたこと、自分がスタンド最前列まで駆け寄って、それから選手控室へ走ったこと、奈津子に会って、言葉を交わしたこと——そのあたりは鮮明に覚えているのだが、権田のボールそのものは果たしてどうだったか。もやがかかったようになっていてよく思い出せない。

自分はスタンドにいて、一塁側からプレーを見ていた。つまり、ボールのコースはよくわからない。野球部員のくせにあのプレーをしっかり評価していない。考えてみれば、怒りにまかせてゴチャゴチャ言うのは、素人と同レベルだった。お前はどう見たのかと訊かれても、うまく答えられない。野球選手としては恥ずかしい。確かに自分は補欠ではあったが、一つ一つの練習に考えながら取り組んできた。技術的なことも真剣に研究した。観察眼は誰にも負けない自信がある。

もう一度、ちゃんと見てみよう。

試合は決勝戦だったから、ローカル局で試合開始から終了まで生中継された。すべて録画してあるが、負けてしまったからまだ見ていない。ディスクはそのままTVボードの奥に突っ込んで一度も再生していなかった。

信二はベッドから出て、居間へ降りて行った。ボードの奥を探すと、果たしてディスクはラベルを貼るでもなく、透明なケースに入って埃をかぶっていた。

これなら全球、チェックできる。それも、センターカメラから。

信二はディスクをプレイヤーに差し込んで、TVのスイッチを入れた。見慣れた土の黒と、芝の緑が目に飛び込んでくる。西京極の、自分たちの夏の終わりの風景だった。

もちろん、試合展開を追う気はない。必要なのは、あのシーンだけだ。前半を飛ばして、7回の裏を探す。

ここだ。一時停止した画面に、右打席に入った涼馬がアップになっている。再生ボタンを押す。

「境風としてはですね、この回の先頭が好打者の仁科君ですから、これを起点に――」信二はボリュームを絞って、解説者の声を消した。

1球目。

権田が無造作に見えるフォームで投げおろす。ボールは内角高め、涼馬の胸元へストレート。涼馬は仰け反って、二、三歩バッターボックスから後ずさる――だが、キャッチャーは中腰で、初めから内角のボールゾーンにミットを構えていた。確かに外し過ぎではあるものの、ミットの位置は動いていない。つまり権田の投球はすっぽ抜けではなくて、最初から胸元を突く意図を持ったものだ。

センターカメラの映像だと、そこらあたりがよくわかる。

2球目。

キャッチャーは外角低めに構える。ストライクのコースだ。権田が投げる――涼馬は大きく踏み込んで、これを捉えた。鋭いライナーがライト方向へ飛ぶ。カメラが切り替わってライン際へ走る外野手を追う――ボールが落ちたところは見えなかったが、審判がファウルのジェスチャーをしている姿が映し出される。残念そうな涼馬の表情のアップ。画面がスロービデオになって、打球の落下地点がコマ送りで示されている。惜しい、ラインから数十センチのところだった。

3球目。

信二は喉の渇きを覚えた。

何が起こるかわかっていても、思わず肩に力が入る。

権田がまた早いモーションで投げた。ボールは一直線に涼馬の頭部を襲う。２球目と同じように踏み込んでいた涼馬は、反対方向へ身体を動かそうとしたが間に合わず、側頭部にそれを受けた。その場に立ったまま、身体を反らすような体勢を取るのが精いっぱいだった。

涼馬の身体が崩れ落ちる。信二は再生を一時停止した。

何かが見えたような気がした。

もう一度、３球目だけをスローで再生する。

権田が投げる。その球筋――それは、１球目の内角球よりやや高め（つまり胸元より上で頭部付近）でシュート回転しているが、ベース寄りのコース、つまり涼馬の身体から離れた、１球目よりは避けやすいコースに投じられたように見える。それに対して涼馬は、２球目をファウルした時よりも、さらに大きく踏み込んでいるのだ。

信二はリモコンを放り出して、暫く呆然と画面を眺めた。

１球目と３球目は、球の高さは違っているが、コースはほんの微妙な差、ボール一つ分といったところだろう。権田はこれを意識して投げ分けているのだろうか。キャッチャーミットの位置は、３球目がシュート回転して内角へ喰い込んだ時、初めて少し動いた。それ以外は、ほとんど構えた位置のままだ。権田はキャッチャーが要求したところへ、ほぼ正確に投げているように見える。彼が常にそうできるなら、コントロールが悪いなどとんでもない。高校生としては驚異的な制球力だ、ということになる。

涼馬は2球目のファウルで、踏み込みが足らないと思ったのか、球威に押された感覚があったのか、とにかく踏み込みを大きくしている。1球目を見て、もうインコースへの投球はないと判断したのかもしれない。そして3球目は、少しベース寄りのコースではあったが、そこからわずかに身体の方へ喰い込んできた。その分避けきれなかった。

この録画を見るまで、信二はこのコースの違いに全く気付いていなかった。高さが頭部付近のボールだったために、「危険球で退場」という判定に何となく違和感を抱きつつも、まあそうなのだろうと受け入れてしまった。その後の騒ぎでも、コースについてはほとんど議論されていなかったのではないか。

涼馬は、このことを言っているのか？

ただ、1球目も3球目もストライクゾーンから大きく外れたボールであることに違いはない。実際3球目は頭部死球になっているのだから、危険球だったと言われても仕方がないとは思う。ぶつけてしまった権田を弁護する気は起きない。

だが――。

権田の方も2球目のファウルでいい当たりをされて、涼馬を抑えるためにはもう一度インコースに厳しいボールを、と思ったのは間違いない。キャッチャーも権田のコントロールに自信があったから、もう一度同じようなコースを要求した。そして、権田は（意識してそうしたのか、無意識にそうなったのかはわからないが）、涼馬が同じように踏み込んできても避けやすいように、ボール一つ分ベース寄りに投げたつもりがシュート回転してしまった。さらに涼馬の踏み込みが

2球目より大きかったために、悲劇が生まれた——そういうことなのかもしれない。

TVの画面は、試合が中断したグラウンドを映し出している。信二は再生を止めて、スイッチを切った。

涼馬と話そう、もう一度。

信二はスマホを取り出して、一つ深呼吸をした。画面を呼び出してタップする。

だが、涼馬は出ない。コール音が長く続いて、やがて切れた。

めったにないことだ。暫くしてもう一度トライしたが、同じだった。携帯を置いてどこか他の場所にいるのか、わざと出ないのか。

信二は少し考えて、画面を戻すと別の番号をタップした。こちらの相手はすぐに出た。

「どうしたの？　気が変わった？」

「先輩、ちょっと聞きたいことがあるんです。涼馬のことで」

涼馬は、奈津子には何か話しているかもしれない。

「さっきはなんかつっけんどんになって、すみませんでした。——電話って、苦手なんです」

ほっ、と奈津子の息が聞こえた。

「あたしが知っていて、葉川くんが知らないことなんてあるの？」

「たぶん」

「そうは思えないけど——いいわ。何でも聞いて」

「ほんとは会って話したいんですけど……東京ですもんね」

スマートフォンの向こうは無言だった。

「――東京でしょ？」

二度目に、小さな吐息が聞こえた。

「白状するわ。実はあたし、今京都にいるの」

やっぱり。朝の電話の時からなんとなく、そんな気はしていたのだ。

「会うのは無理ですか？」

「今日戻るつもりだし、あんまり時間ないの。――で、聞きたいことって？」

信二はちょっと唇を舐めて、呼吸を整えた。

「あいつ、あれはビーンボールじゃないって、言ってませんでしたか」

「――なんですって？」

「涼馬が僕に、そう言ったんです。ビーンボールじゃないって」

暫くして、奈津子はゆっくりとした、低い声を出した。

「どういうこと？　頭に当たってんねんで」

「彼から、そう聞いてませんか」

「知らへんわ、そんなん。――第一、退場処分になったやん。間違いなくあれは危険球や」

そうだ。審判はそう判定した。それはつまり、あれは故意に涼馬を狙って投げた投球だと判断したということだ。

「――そうです。審判の判定は確かに危険球でした」

「ほな、ビーンボールやん」

「でも、当てられた本人は違うと言ってるんです。何か、心当たりありませんか。僕にはそう呟いただけやったけど、奈津子さんにはもっといろいろ、自分の考えとか打ち明けてるんやないかと思って」

関西弁が止んで、またスマホの向こうが呼吸音に戻った。長い沈黙があった。

「葉川くん、なんか勘違いしてない？　あたし、別に涼馬と付き合ってるわけじゃないよ」

今度は信二が黙る番だった。

「変に誤解されるの嫌やから、はっきり言うわ。あたしは確かに涼馬のことが好きやけど、相手にされてないの」

パッといろいろなやりとりが頭に蘇ってきて、自分の顔面が紅潮するのがわかった。

「――ずいぶん正直なんですね」

「格好つけてもしゃあないでしょ。高3の頃からあれやこれやでアタックしてるけど、玉砕しっぱなし」

クスっと笑う声が聞こえて、耳が熱くなった。奈津子が寂しそうに肩を竦《すく》めるのが見えるようで、信二はどうしようもなく彼女の丸っこい鼻の頭が見たくなった。

「やっぱり、会えませんか」

「それより、いい考えがある」

奈津子の声が、いつもの調子を取り戻したように感じる。

「会いに行きましょ、彼に」

「彼って？」

「あのビーンボール投げた子よ。権田くん……だっけ？」

信二は唖然とした。口は開いたが、言葉が出てこない。

「審判はビーンボールだと判定した。当たった涼馬は違うと言ってるのよね？　じゃあ、投げた本人に聞きに行くしかないやん。どっちなん、って」

「そんなこと聞いても、本人は故意じゃないって言うでしょう。あの時も審判にそんな風に言い返してましたよね」

「どうかしら。あの子、この件に関してだんまりでしょ。学校の人は会見したりいろいろやってたけど、なんか卑怯やと思わへん？　自分は後ろに隠れて。だから、正面から聞いてやりたいの。どんなつもりであんな投球をしたのか、今どう思っているのか。それで、顔色を見てやりたい」

信二は黙った。確かに奈津子の言うこともわかる。ただ、権田が発言したくても、学校はあの時マスコミをシャットアウトしていたらしい。だから、卑怯というのは違うような気もするが。

「直接話したら、たぶんホンマのことがわかるよ。――答えによっては、絶対許さない」

「でも、どうやって連絡するんです？　グラウンドでは何度も会うてますけど、権田と個人的な付き合いはありませんし」

奈津子は笑いながら、何とかなるよ、と言った。

「あたし、新聞部にいた頃に『ライバルを訪ねて』っていう企画で、木暮東に取材に行ったことがあるの。その時に監督さんにも挨拶したし、部長先生の名刺もある。でもそれより、木暮東の女子マネの子とすごく仲良くなって、今でも時々LINEしてるのよ。今はもう騒ぎも収まってるから、上手に聞けば、権田くんの連絡先教えてくれると思う」

そううまくいくだろうか。

「それに」

急にまた声のトーンが低くなった。

「あたし彼には、たった1年やけど人生の先輩として、一言言わなきゃと思ってたの。あの態度はあかんわ。このままにはできへん。それがもっと大きな理由」

「……」

「だから前から、いつかは会いに行こうと思ってた。今日、葉川くんがそのきっかけを作ってくれたわけよ。――一緒に来るでしょ?」

「東京へは……時間ないんじゃないんですか」

「気が変わったの。こっちの方が大事よ」

第二章　伏見の酒

一

充優《じゅうゆう》銀行はメガバンクには数えられていないが、全国に支店網を展開している中堅の金融グループである。

かつて都市銀行と呼ばれた過去を持ち、同規模の都銀や小体の地方銀行との合従連衡《がっしょうれんこう》でバブル崩壊後の荒波を乗り切って、現在の優良行としての地位を確立してきた。先行き不透明な金融業界にあって必ずしも順風満帆とは言えないが、根雪《ねゆき》のような一定の世評に支えられ、安定感をもって存在している。

大阪本店は大阪市中央区にある、西日本の全営業部門・事務部門を統括する拠点である。

鍋島大輔《なべしまだいすけ》は、その大阪本店の正面玄関の前に立った。昭和初期に完成したビルで、外壁は当時のままの複雑な意匠が施された文化遺産的外観を保っているが、内部は数度の改装工事を経て近代的なオフィスへと生まれ変わっている。

――このビルに行員として入るのは、あと何回かな。

鍋島は荘厳《そうごん》な壁面を眺めながら、ぼんやりと考えた。今年52歳になる鍋島は、次の異動では役員に昇格するか、外部出向になるか、分岐点に立っていると言っていい立場である。銀行の場合、ほとんどの行員は50歳前後で関連会社や取引先などの外部企業へ出向を命ぜられる。ごく一部の者だけが役員として、その年齢以降も銀行に居続けることができるが、それはこれまで以上の待遇と多くの部下を従える権力が約束されるのと同時に、身も心も銀行に捧げよと命じられることを意味する。

鍋島は、充優銀行京都法人部長の地位にある。京都法人部というのは西日本屈指の大規模営業拠点で、その部長というのは役員一歩手前の重要ポストである。まさにここでの業績が、鍋島の銀行員としての行く末を左右すると言ってよかった。

玄関を入り正面の受付に進むと、若い女性行員が立ち上がって頭を下げた。

「鍋島部長、お待ちしておりました」

鍋島はちょっと微笑んで、一応スーツの内ポケットからＩＤカードを出した。一般的には行員であってもこの受付で身分を示し、ディスプレイに示される来客シートに氏名を入力してから訪問部署に取り次いでもらうのがルールだ。だが、この受付嬢は自分の顔を知っている。いや、顔というよりは自分のがっしりとした体軀が特徴的だからか。今日自分を呼び出した専務から事前に言われていたのだろうが、それでも名乗る前から挨拶してくれるのは気分がいい。

「どうぞ、そのまま役員エレベーターへお進みください」

「ありがとう」

鍋島はＩＤカードを再びポケットに仕舞うと、自動的に開いた入館ゲートを通り過ぎる。黙礼をする警備員の方は見ずに、そのまま役員フロアへの専用エレベーターに向かう。

五階。エレベーターを降りると、深紅の絨毯に靴が沈み込む感覚がある。

「いらっしゃいませ。桂木専務がお待ちです」

エレベーター出口に待っていた女性秘書が会釈し、こちらへ、と微笑む。鍋島は黙って後に続く。フロアの一番奥、重厚なドアの向こうが西日本営業のトップであり、鍋島と同期入社組の出世頭でもある、桂木敬一郎《かつらぎけいいちろう》専務の部屋だった。

部屋の前で秘書は振り返り、囁くように十分間です、と言った。呼び出したのはあくまで桂木で、話は十分で終えるからそっちからは用件を持ち出すな、という意味だ。鍋島が頷くのを待って、ノックする。

「鍋島部長がお越しになりました」

「よう。わざわざすまん」

ドアが開くと、桂木はデスクから立ち上がりながら軽く手を上げ、快活に第一声を発した。

「いえ」

鍋島は直立して、一礼した。同期と言っても直接の上司である。

「なんだ、堅苦しい反応だな」

桂木は欧米人のように肩を竦める仕草をして、そのまま部屋の中央にある応接セットへ大股で歩み寄る。鍋島とは対照的に細身で足が長く、ストライプの入った濃紺のスーツが身体にぴったったりフィットしている。真っ白なシャツの内側から発散されるエネルギーは筋肉質で、中年期のたるんだ雰囲気とは無縁だった。

「まあ、座れ」

「失礼します」

鍋島は少し顎を引いて、部屋の入口に近い方のソファの端に腰を下ろした。桂木もそれを待ってから座ると、自分のデスクを背にゆったりと足を組んだ。

「同期なんだから、もっと気楽にやろうや」

「はあ……まあ、大丈夫です。お気遣いなく」

桂木は苦笑している。鍋島は上目遣いに桂木のメタルフレームの奥を窺った。

この男は口ではそう言いながら、必ず一線を越えない相応の配慮を要求してくる。言われた通り気を許すと「図々しい奴」と評価されてしまう（そうなってしまった奴を何人も知っている）。いわゆる「京都のぶぶ漬け」と似たようなものだ。大企業の経営にまで上り詰めた者としては当然の目配りかもしれないが、好きになれない部分だった。

鍋島は関西が長くなったが、北陸出身である。雪深い土地で、小さな村の中で肩を寄せ合って育った感覚には、この桂木の性格は生理的な嫌悪感しか抱かせない。

同期とはいっても、独身寮も別だったし、若い頃から格別親しいというわけではなかった。お互い意識し始めたのは、営業で鎬《しのぎ》を削るようになってからだ。

「相変わらずだな」

桂木は運ばれてきたコーヒーを持ち上げて少し香りを確かめる仕草をしながら、年齢の割には豊かな髪を後ろに撫でつけている。鍋島は視線を外して、自分の足元を見つめた。

「そういうところが、客を躊躇《ためら》わせるんじゃないか」

独り言のような小さな声だったが、鍋島は顔を上げて初めて桂木を真っ直ぐに見た。

「今期の予算達成には、京都法人部の——お前の結果がポイントだ」

声のトーンが変わった。

「わかっています」

鍋島は少し耳が熱くなるのを感じた。

営業のことで俺に説教するつもりか。確かに出世競争では遅れをとったが、商売のセンスで負けているとは思わない。現状の予算消化率は良くないが、それは大口の案件が年明けから三月の決算期末までに集中しているからだ。年内には、きっちりと見通しを立てて見せる。

口を開こうとした鍋島を制して、桂木はコーヒーカップを置いた。

「細かい案件の話はいい。京都ではお前がすべての責任者なんだから、任せるよ。ただな、今期の予算達成はお前にとって数字以上の意味があるということだ。京都が頑張って達成すれば、当行全体が世間に約束した目標をクリアできる。そうすれば、行員全員がハッピーになるし、特に——お前はハッピーになれる。俺が、そうする」

桂木は、鍋島の役員昇進のことを言っているのだった。年齢から、来年六月の登用がギリギリ最後のタイミングだ、と。だがそんなことは言われなくても先刻承知だ。

鍋島は再び視線を外して、スティックシュガーを半分だけカップに入れた。いつもはブラックだが、気持ちを柔らかくする必要がある。

「予算消化率ではご心配をかけてすみません。しかし、期末までには仕上げますから」

「全然心配はしてない。鍋島大部長さんにそんな失礼な」

だったらわざわざ呼び出すな――そう心の中で吐き捨てた。

「ところで――」

桂木は悪戯っぽく笑ってから、意味ありげに間を置いた。

「この夏は時の人だったな」

黙って見返すと、何か呟くように唇を動かす。

「はい？」

「甲子園予選だよ。京都の決勝戦、あれお前だろ」

「ああ、――はい」

今日の呼び出しの理由の一つは、これを話題にしたかったからかもしれない。桂木が、鍋島が高校野球の審判をしていることを快く思っていないのは間違いない。

業績の遅れと全国的に注目された危険球事件を絡めて、言外に仕事に集中していないと皮肉る魂胆か。そう考えると少し得心《とくしん》が行く気がした。同時にそこには、自分の聖域に土足で踏み込まれる感覚もあった。

鍋島は学生時代の体育会硬式野球部の経験を生かして、アマチュア一級審判員の資格を取得し、高校野球の地区大会や甲子園大会の公式審判員を務めている。銀行員としての多忙な勤務の傍ら、時間をつくって地元関西の大会をサポートしてきた。

野球部の先輩に強引に誘われたのがきっかけだった。「銀行員になったんなら、土日は休みだろ。人手は足りんのや、頼む」。同窓の先輩からそう言われたら、体育会では「はい」の2文字があるだけだ。

プロ野球の職業審判員と違って、アマチュア野球の審判員はボランティアである。そのボランティアが、例えば夏の高校野球であれば4000校が参加する全国のトーナメントを運営する（主催者は別にいても、試合を仕切り、決着させるのは審判員だ。運営すると表現しておかしくはない）。1試合4人とすれば、延べ1万6000人の大人が、夏の間、自分の仕事を横に置いて無給で奉仕していることになる。大変な数だが、彼らがいなければ大会は成り立たない。野球への情熱と同時に、子供たちの成長を願う純粋な気持ちがなければ、とても耐えられない仕事だと鍋島は自負している。

若い頃は、銀行員仲間から仕事を舐めているとか、暇人は羨ましいとか揶揄《やゆ》する声が大きかった。だが、鍋島は仕事でも手を抜いたことは一度もなかった。銀行の仕事も、審判も自分にとって大切なフィールドであり、全力で立ち向かうべき対象だ。戦場に臨む、という感覚で取り組んできた。

どちらも好きなのはもちろんだが、それ以上に中途半端になるのがいやだった。特に自分たちの世代は、まだ「二足の草鞋《わらじ》」という表現に生理的な抵抗があるのかもしれない。一つのことに集中する、その道を究めるという生き方に肯定感がある。

鍋島がその両方でキャリアを重ねるに従って、陰口を叩く奴は減っていった。特に、行内で実績を上げて昇格し、重要なポストを任されるようになると、特に同僚や部下は鍋島と交友があることを誇らしく話す者が増えた。時代も鍋島の感覚とは裏腹に、副業であったり、仕事一辺倒でない生き方がもてはやされるようになった。鍋島自身はそれに共感できず忸怩《じくじ》たる思いもあったが、敢えて自身の考えを主張したことはない。ましてボランティアである。その事実だけでも副業というのは当たらないとわかるが、そんな基本的なことも知らずにああだ、こうだと批評する輩《やから》を相手にするのも面倒だ。だから、外野の声には耳を貸さずに俺は俺、そう思ってやってきた。

それだけに、その如才《じょさい》なさと政治的行動が実績よりもクローズアップされ、仕事以外ではゴルフも、ヨットも、好きでもないくせに付き合いの道具として——は言い過ぎにしても、文字通り「趣味」としてそつなくこなす桂木とは、共感する部分の少ない話題に違いないという思いがあった。

「思い切った判定をしたもんだ。危険球退場なんてのは、高校野球じゃ前代未聞だろ」

桂木が野球に詳しいという話は聞いたことがない。どうせ流し読みした週刊誌か、スポーツ紙の受け売りだろう。

「はあ」

「俺は感心してるんだ。前例どうこうじゃない、それがその選手の教育になるなら、迷わず判定を下す。まさに一本気なお前の面目躍如《めんもくやくじょ》だな」

教育という言葉が桂木の口から出て、鍋島は鼻白んだ。

確かに高校野球の審判は、資格を取得し経験を重ねていく過程で、「グラウンドにおける教育者たれ」という指導を受ける。プレー中、グラウンド内の大人は審判員4人だけだ。この4人は、両チーム18人の高校生に、局面ごとに明確で公平な判断を示し、納得させ、感情的にならず正々堂々と試合に臨ませ、十代の忘れえぬ一日を過ごさせる義務がある。

おそらく桂木が言うのは、ただ単に厳しく指導しろとか、そのレベルの話だろう。だが、そんな簡単な話ではないのだ。言ってもわかるまいが……。

「一本気というわけでは、ありませんが」

「よかったじゃないか。総じていえば、世間では『よくやった』という声が多かった。ああいう生意気な子の鼻っ柱は、早めに折っておいた方がいいんだ。俺も試合は見ていなかったが、新聞で読んで妥当な判断だと思ったよ。それに、お前がウチの銀行員だって知ってる奴は、世の中には結構多い。接待でも、ずいぶん話題にさせてもらった。お前の審判稼業が銀行の役に立ったのは、初めてじゃないか?」

鍋島は腕時計に視線を落とした。話がこれ以上進まないうちに、逃げ出すのが得策だ。

「専務、申し訳ないですが次のアポイントがありまして……」

桂木はちょっと気勢を削がれたように黙ると、胸を反らして壁の時計を見た。

「そうか。——そろそろ時間だな。俺も次がある」

言いながらゆっくり立ち上がると、唇をわざとらしくへの字に結んだ。

「しかしだ――鍋島、とにかく今日ここへ呼ばれた意味をよく嚙みしめておくことだ。野球のアウトセーフの話なんかどうでもいい」

桂木は右手を差し出す。鍋島は二、三秒、黙ってメタルフレームを見つめ返してから、ゆっくりとそれに自分の右手を添えた。

相手が握るのを待って、少しだけ力を入れた。

二

本店前で部長車の後部座席に乗り込むと、鍋島はシートに深く背を預けた。

「部へ直接戻りますか？」

「ええ、そうしてください」

運転手に答えてから目を閉じた。どっと疲れを感じた。季節にはそぐわない汗が首筋と背中に滲《にじ》んでいる。

不愉快な奴の前で従順なふりをするのは本当に苦手だ。まあ向こうも、俺が――面従腹背《めんじゅうふくはい》とまでは言わないが――相当嫌っているのは感じているだろうが……。

顧客に厳しい交渉をしたり、融資の稟議書《りんぎしょ》作成で徹夜したりする方がよっぽど楽だ。自分のエネルギーを前向きに発散できるから。今日だって、結局奴は何のために俺を呼び出したのかよくわからない。今更取って付けたように予算必達を厳命するのもおかしいし、夏の審判の件で、俺がいい気になっているとでも思ったのか。

まったくなんであんな軽い男が俺の上で偉そうにしているんだ。役員としての資質は人間性も含むんじゃないのか。誰かが言ってたが、銀行の人事は神様が決めているわけじゃない、人がやっていることだから間違いもあるだろう――確かにその通りかもしれない。だが、これまで桂木を評価してきた人間が揃いも揃って、奴の人間性を見誤ってきたと言うのか。

とにかく、今期の予算を文句なしの達成率できっちり仕上げることだ。そうすれば桂木だって、あそこまで言っておいて俺の処遇に形をつけないわけにはいかんだろう――。

鍋島は専務室でのやり取りを苦々しい気持ちで反芻《はんすう》した。そして次第に、自分の意識が今期の業績ではなく、京都地区予選での〝あの判定〟の方に塗りつぶされていくのを感じた。

考えても仕方がない、過ぎ去ったことだ。今の俺にはもっと集中すべきことがある――。そう切り替えようとするのだが、何度も打ち寄せてくる波のようにいつの間にか頭の中が西京極の記憶に支配されてしまう。

いつものことだった。

今日は特に、桂木が無神経な発言をした。あの男は本当に何もわかっていない。わからないのであれば、軽々《けいけい》な発言は慎むべきだ。あのジャッジがどれだけ大きな意味を――退場になった権田にとって、そして俺自身にとって――持っているのか、あの男は欠片《かけら》も考えようとしていない。

鍋島は大きく息を吐くと、眼を開いた。窓の外を見ると、灰色に濁った空を背景に建物が後ろへ流れていく。そのビル群も、色彩を失って見えた。

あれはミスジャッジだった。

もう一人の自分が囁く。あれは、お前のミスだ。お前は間違った。

意識の奥底から、滲み出てくる自分の声。

馬鹿を言うな、そんなはずはない。あのジャッジは、難しい判断だったが、最善の判定だった。

何よりも権田のために、必要な措置だったんだ。世間の評価が、それを証明している。いろんな意見があったろうが、俺を正面から批判する声は聞こえてこない。権田の態度は、アスリートとして間違っている。それが分かるから、皆が判定を受け入れたんだ。

もう一人の声は止まない。

お前、本当にそう思っているのか？　ルールブックを正しく読め。権田の態度と、プレーに対する判定は別のものだ。教育のためとか、そんな言い草は逃げだ。お前はあの日から、逃げまくっているだけじゃないか。

「違う。そうじゃない」

「なんです？」

思わず声が出て、運転手に怪訝そうに聞き返された。

「――いや、何でもない。独り言です」

こんなに一つの判定を引きずるのは、初めての経験だった。今までも微妙な判定を下したことはあるし、その直後にしまった、と思ったことも正直無くはない。だが、それでぶれているようでは審判は務まらない。自分を信じ、断固として判定を守る。石のように固く自らの判断を貫く。あるいは、逆にきっぱり忘れて切り替える。その割り切りができなかったら、この世界では生きていけない。

その時、背広の内ポケットに振動を感じた。スマートフォンを取り出すと、ディスプレイに妻の名前がある。芳江《よしえ》が日中に電話をしてくるのは、初めてのことだった。

鍋島は画面上で指を滑らせた。

「どうした?」

「ごめんなさい、お仕事中に。――健輔《けんすけ》が」

背中の汗が冷えたように感じた。

「何があった?」

「事故に遭ったらしいの。今病院から電話があって」

息子の健輔は、東京で働きながら一人暮らしをしている。

「大きな怪我なのか?」

「命に別状はないらしいんだけど、頭を打っていて、足を骨折して」

「意識はあるのか」

「――ごめんなさい、ちゃんと聞いてないわ。ただびっくりして」

芳江は涙声になっている。

「しっかりしろ。――医者は大丈夫だと言っているんだな?」

「大丈夫って言うんじゃなくて、命に別状はないだろうって——」

「わかった。とにかく、病院へ行ってきなさい。俺は今日は動けないから」

「やっぱり、忙しいの？」

鍋島は答えず、少し間を置いた。

「病院の名前は？」

「江東区の——K病院」

「今から出れば、夕方までには着けるだろう。まずは医者の話をよく聞くんだ」

「——わかったわ。これからすぐに向かいます」

「ああ、頼む。後で連絡をくれ」

スマートフォンをポケットに仕舞いながら、鍋島は目を閉じた。健輔の名前を、本当に久しぶりに聞いた気がした。

もちろん、一人息子の名前は常に胸の内にある。だがここ一年ほどは、妻との会話の中でも彼が話題に上ることはない。お互いに触れようとしないのだ。妻はおそらく鍋島の機嫌が悪くなることを恐れて、そして鍋島自身も自分が苛立つのを避けたくて——。

健輔が家を出て行ったのは高校を卒業して間もなくだった。あの日のことは、昨日のようにはっきりと思い出せる。彼が言い放った「野球はやめる。大学にも行かない。もう決めたんだ」という言葉と、その妙に落ち着いた表情とともに。

健輔が野球を始めたのは小学3年生の時だ。その頃から、鍋島家のいたるところに「野球」は普通に存在していた。鍋島は必ずテレビのプロ野球中継を録画して見る。審判をした試合のことを芳江と健輔に（一方的に）話す。休日には、学生時代に使った用具の手入れをする。野球部OBの友人もよく訪ねて来る──。

そして、健輔は当然のように小学校入学前から鍋島とキャッチボールを始め、年齢が基準に達するとすぐに地元の少年野球チームに加入した。予め決まっていたかのような、自然な流れだった。

鍋島は熱心に指導した。休日は、接待と高校野球の審判以外はすべて健輔のために充てた。鍋島はコーチとしての専門知識は無かったが、大学までプレーした経験は大きい。健輔は、もともと運動神経が良かったこともあってぐんぐん上達し、そのチームのエースで4番になった。

中学でも中心選手として活躍し、高校は甲子園が狙える強豪校へ推薦で進学した。この頃には鍋島は、実際のプレーでは健輔に全く敵わなくなっていた。パワーも、スピードも、とてもついていけない。

鍋島は嬉しかった。伸び盛りの高校生と腹のせり出してきた中年の銀行員では、勝負にならなくて当たり前だ。それより、健輔には相当なポテンシャルがある。大学時代に一緒にプレーした連中と比べても、素材としては決して引けを取らない（自分はと言えば、結局四年間一度もベンチ入りできなかったのだけれど）。このまま伸びてくれれば、プロだって夢じゃないかもしれない。

自分が現役時代に味わった補欠の悔しさを、健輔の活躍が時を超えて晴らしてくれる。

そんな期待が無かったと言えば、嘘になるだろう。だが鍋島は、健輔の人生は健輔のものであって、自分のためにあるわけではないと理解していた。基本の技術指導はやったし、心構えも説いてきたが、考えを押し付けたことはない。野球に対する考え方・哲学は、健輔が独自のものを創り上げるべきだと考えていた。

甲子園には2年の夏に一度出場できた。2桁の背番号ながら実質レギュラーの左翼手として6番を打ち、ヒットも記録したが、チームは惜しくも2回戦で涙を呑んだ。しかし鍋島の目には、立派に全国の舞台で戦える力をつけてきた健輔が眩しく見えた。

だが、まだプロのドラフト候補になるまでのレベルとは言えなかった。力の伸びる時期には個人差がある。健輔はやや線が細く、もう少し時間をかけるべきだと鍋島は感じた。一つ上のレベルである大学へ進学して、さらに腕を磨く必要がある。

3年生になった頃から、鍋島は親交のある母校の野球部の監督に話を通し、健輔を見てほしいと頼んだ。入学させてくれと頼んだわけではない。あくまで監督の目で評価して、合格点であれば受け入れてほしいと言ったのだった。大学野球のレベルは高い。コネで入学させても、苦しむのは本人だ。指導者の目で十分にやれると判断してもらう必要があった。

それに、親のコネという姑息《こそく》な手は使いたくなかった。健輔もそれを望まない性格であることはよくわかっていたからだ。

監督からは、預かりたいとの連絡があった。鍋島は大喜びで健輔にそれを伝えた。

しかし、全く意外なことに健輔の反応は芳しいものではなかった。一瞬苦しそうに顔を歪め、暫く考えさせてほしい、と言ったのだ。

自信がないのか、と思った。実力のある大学には、甲子園で活躍した選手も多く入学してくる。2年生の時に一度しか出場経験のない健輔が気後れしても仕方がない。少し心の準備が必要かもしれない。鍋島は大学側に「入学させます」と連絡を入れ、一方で卒業前にいろいろあるので、春合宿には遅れて参加させると伝えた。監督は「早めにな」と言いつつも了承してくれた。

「大丈夫だ。監督に話をして、お前を見てもらうように言ってあったんだ。充分ついてこれると仰《おっしゃ》っていたぞ。しっかり力をつけて、もう一つ上のレベルを目指すんだ」

その時の健輔の反応は、あまり記憶にない。鍋島は、受け入れ側が保証してくれていると伝えれば十分だろうと思い込んでいた。

年が明けて三月までは、銀行員は特に忙しい。期末決算に向けて、鍋島は忙殺された。顧客対応で、週末もないような状態だった。健輔の心の内を推し量る余裕は、とても持てなかった。早朝に出勤し深夜に帰宅するので、直接言葉を交わす機会も少なくなった。たまに顔を合わせると、いつ合宿所に入るんだ、とか、トレーニングはできてるか、とか声を掛けたが、健輔はああ、とか、うん、とか生返事をするだけだった。

そして突然――。

卒業式を終えた日、健輔は宣言した。

「俺は東京へ行く。野球はやめる。大学にも行かない。もう決めたんだ」

すでに家を出て行くいで立ちをしていた。だが荷物は小さなボストンバッグがあるだけで、グラブもバットケースも無かった。

鍋島はパニックと言っていい混乱に陥った。

「いったいどういうことだ。何があった？　ちゃんと説明しろ」

健輔は長い間黙っていた。そして、静かな声で言った。

「親父には感謝してる。――でも、もう決めたんだ」

「突然何を言い出すんだ。そんなバカな話があるか。お前に期待してくれている人たちのことを考えたか」

「申し訳ないと思ってる。――でも、ずっと考えてたんだ。突然じゃない」

健輔は落ち着いていた。その口調が、鍋島の頭に血を昇らせた。毎日の仕事の疲れと睡眠不足も冷静さを奪った。鍋島はいきなり息子を殴りつけていた。

健輔はよろめいたが、倒れなかった。鍋島は我に返った。とんでもないことをしたという思いが頭を掠《かす》めたが、掠めただけだった。すまないという言葉は、喉の奥で止まった。

「もう一度落ち着いて考えろ。今までのお前の努力は何だったんだ。それを無駄にするのか」

健輔は何も言わなかった。

そしてそのまま呆然とする鍋島に背を向け、玄関を出て行ったのだった。

息子を殴った時の衝撃が、まだ拳に残っているような気がしている。そして、鍋島にそれに劣らない酷い打撃を与えたのが、その夜の芳江の一言だった。

お前は知っていたのかと責める鍋島に、芳江は小さな声で呟いたのだ。

「あの子は、そんなに野球を好きじゃないんですよ」

鍋島の中で、この一言はその後も長く、耳鳴りのように響き続けた。

聞いた瞬間は、何もかもがわからなくなった。いくつも抱えている難しい案件を全て放り出して、仕事もやめてしまいたくなった。今の時代、上から押さえつけてはいけない、と気を配ってきたのが仇になった――やはり甘やかしすぎたということなのか。今まで自分が必死にやってきたことはすべて無駄だったのか、自分は息子に裏切られたのか――。

だが、時間が経って冷静さを取り戻すにつれて、そうとばかりは言えないと考えるようになった。

健輔は父親に遊んでもらう延長で、野球を始めた。その後中学、高校と成長する過程でも、自分は勝手に、健輔が楽しんでいると思い込んでいた。健輔の目指す方向が自分の理想と完全に一致していて、自分の時間を健輔のために――いや、野球をする健輔のために使うことが、息子に喜ばれていると疑いもしなかったのだ。

いつからそうなっていたのか、はっきりとはわからない。言えることは、健輔が野球を好きでなかったとしたら、父親の一方的な思いを受け止める日々は、きっと面倒な、楽しくないものであっただろうということだ。

ただ、そう思い込んでいた自分を愚かしくは思う反面、親として当然の気持ちではないか、とも思う。健輔は、少なくとも自分にとっては突然に、野球をやめると言い出し、何の説明もせずに家を出た。その態度も、あまりに我儘《わがまま》ではないか。健輔が何を心の奥で考えていたのか、結局自分はわからないままだ。

いったい、自分はどこで、何を間違ったのか。

――あいつと腹を割って話したのは、いつだったか。いや、そもそもそんな時間を、持ったことがあったろうか。

途端に、「事故」という現実が鍋島の意識に飛び込んできた。他のすべてを押しのけて、殴り込みをかけてきたような勢いだった。

もし万一のことがあったら、あいつと腹を割ってしっかり話す機会は、永遠に無くなってしまうかもしれない――。

「今、どこですか」

鍋島はシートから身を起こして、窓の外を見た。

「名神の、高槻《たかつき》あたりですが」

「予定変更です。これから東京へ行きます」

「――じゃあ、このまま京都まで走って、京都駅までお送りすればいいですね？」

「そうしてください。これから町田副部長に電話しますから、私を下ろしたら部へ戻って、町田を拾ってください。次のアポは彼に対応させます」

「わかりました。――どなたか、怪我をされたんですか？」

「聞こえてましたか。――ええ、実は息子が」

「そりゃ大変だ。早く行ってあげてください。差し出がましいようですが」

「――ありがとう」

鍋島はほっと肩の力が抜けるのを感じた。誰でもいい、早く行けと言ってくれる人がいるのが無性に嬉しかった。

三

病室の引き戸を開けると、独特の匂いが鼻を打った。

八人の大部屋で、アイボリーのカーテンがいくつかのベッドを囲むように降りていたが、そのうちの奥まった一つから芳江が顔を出すのが見えた。急いで歩み寄る。

「来てくれたのね」

答えずに妻の肩越しにベッドを見ると、健輔が上体を起こしてこちらを見ていた。驚いたような目の色だった。

「ほらね、言った通りでしょう」

芳江が健輔の方を向いて、小さく微笑むのが見えた。

「なんだ――元気そうじゃないか」

ほっとした気持ちと、意識不明の重体に陥っている息子を想像していた照れ臭さで、鍋島は視線をそらしながらぶっきらぼうに言った。

「元気じゃないわよ。足を折ってるし、頭も骨に異状はなくて脳も大丈夫らしいけど、強く打ってるの。しばらくは安静にすること」

芳江は窘《たしな》める口調で言いながら、健輔に「お父さんと二人で話しなさい」と言うと、立ち上がった。

「帰るのか」

「違いますよ。あなたお昼食べてないでしょ？　ちょっと何か買ってきます」

さっさと病室を出ていく芳江の背中を見送って、鍋島はへたり込むようにパイプ椅子に腰を下ろした。強い疲労を感じていたが、生きている息子に会えた安心感の方が遥かに大きかった。

鍋島は、自分の心中を悟られるのが嫌で健輔の方を見ないようにしていたが、やがて息子の方が口を開いた。

「忙しいんだろ。来ることなかったのに」

どう反応するべきか迷った。沈黙に耐えて話題を探すのが面倒で、ふと、あれについて話してみる気になった。安心感がそうさせたのかも知れなかった。

「お前、あの判定どう思った」

「判定？」

「ネットなんかで見なかったか？　夏の京都予選の」

「ああ――」

健輔はちょっと俯いて、口元を歪めた。暫く沈黙がある。

「親父らしいなって、思ったよ」

息子の口からこぼれ出た言葉に、鍋島は時の流れを感じた。当たり前の話だが、息子はもう小さな手にグラブを嵌めて、必死でボールを追いかけていた頃の息子ではない。自分から遠く離れて生きている、一人の男なのだ。野球をやめると宣言した時の健輔からも、さらにさまざまな経験をして、自分の知らないものをその内側に積み上げつつあるのだろう。その声色《こわいろ》は乾いて、静かで、父親にごく自然と対峙する響きがあった。

「俺らしい、か」

鍋島はそれがどういう意味なのか、よくわからなかった。前例に捉われない断固とした判断とか、厳しい態度のことを言っているのか——どうも、そうではないように感じた。

「事故って、いったい何があったんだ」

健輔は上目遣いにちらりと鍋島を見てから、ギプスで固められた右足を擦《こす》った。

「立てないと、いろいろ困るんだよね」

鍋島が黙っていると、健輔は一つため息をついて両手を頭の後ろで組んだ。

「ちょっと大掛かりなセットを組んでたんだけど、その一番上で足を滑らせたんだ。角度が悪くて、そのまま舞台の下まで落ちた」

「ブタイ?」

全く頭にない単語が出てきて、それが「舞台」だと理解するまでに時間がかかった。

「お前——今、何をやってるんだ」

暫しの沈黙の後、健輔は淡々と、駅までの道順を説明するような調子で答えた。

「親父は知らないと思うけどS座っていう劇団があって、そこの研究生」

「それは――」

鍋島は言葉を継ごうとしたが、そのまま絶句してしまった。健輔は、自分が全く知らない、これまでの自分の知識や経験からは隔絶された世界にいた。まず、食えるはずがないという思いが頭に浮かんだが、そういう発想がそもそも息子からズレ過ぎていて、口に出してもあとの会話が続かないのではないかと思った。

健輔は父親の胸中を察したように、今度は上目遣いでなく鍋島を見つめた。

「バイトをいくつか掛け持ちしてる。研究生と言っても一番の下っ端だから雑用ばっかりだけど、それなりに生活のリズムは出てきて、機嫌よくやってたところだったのにさ」

健輔は天井を見上げて自嘲的な笑みを浮かべながら、このザマだよ、と言った。

「バイトは、立ってやる仕事なのか」

「飲食と、あと肉体労働系だね。でもまあ、ちょっと休めば何とかなるよ」

「演劇は、前からやりたかったのか。その――高校生の頃から」

鍋島の声は上ずっていた。健輔は黙ったまま、言葉を探しているようだった。

「そのずっと前からかな。きっかけは幼稚園の頃のオペレッタで、先生と友達のお母さんに褒められたこと。それ以来いろんなミュージカルのビデオ集めたり、アングラの現代劇を観に行ったり。いつか絶対舞台に立つんだって決めたのは、中学の時だよ。同級生に子役として映画に出た奴がいて、いろいろ教えてもらってたんだ。そいつとは夜はいつも連絡取り合ってた。S座も、そいつの知り合いからの紹介」

鍋島は呆然とする思いだった。時の流れどころではない。自分が全てわかっているつもりだった高校生までの健輔も、その頃から全く自分の知らない顔をしっかり持っていた――その（考えてみれば当然の）事実に打ちのめされた思いだった。自分が分かっていたのは、健輔の肩の強さと、１００ｍダッシュのタイムと、怪我の状態だけだったのか――。

「なんで、言ってくれなかったんだ」

健輔は怪訝そうにこちらを向いた。

「何を？　親父に野球以外のことをやりたいなんて、言えるわけがないじゃないか」

「しかし――」

「言ってほしかった？」

鍋島は黙った。どうだろう。もし健輔から野球をやめて演劇をやりたいと打ち明けられていたら、自分は受け入れることができただろうか。

「無理だよ。多分一発ぶん殴られて終わりさ。――勘違いしないでほしいんだけど、俺は親父を責めてるんじゃなくて、これでも感謝してるんだ。俺のためにあんなに一生懸命やってくれた。それはよくわかってる。仕事も忙しいのに、何をおいてもまずは俺の野球だったもんな――別のことをやりたいなんて、言えるわけがないよ」

健輔は穏やかな顔をしていた。

「でもあの頃は、あのままだと演劇なんてとてもやれないし、何とかしなきゃって焦ってた。結局何も説明せずに逃げ出す形になっちゃったけど、野球から離れる方法はあれしか思いつかなかったんだ」

「逃げ出すほど、嫌だったのか」

「そうじゃないって。野球は楽しかったし、好きだった。でも、演劇の方がもっと好きだったってこと。けど、その気持ちは親父には絶対にわかってもらえないだろうと思ってた——それぐらいガキだったんだ」

　健輔は声を出さずに笑った。

「だから、来てくれたのにはすごくびっくりした。野球をやめた俺なんて、親父にとって何の意味もない存在だろうって思ってたから」

「馬鹿なことを言うな」

「さっき、親父が来るかどうかお袋と賭けたんだ。俺が来るはずないよって言うのに、お袋は絶対に来るって……。やっぱり、俺って今もガキなんだって、よくわかった」

　鍋島は妙な気分だった。健輔の言っていることは、本来の自分なら決して許さない類の話のような気がする。だが健輔と直接話すことで、感じていたはずの息子へのわだかまりが薄らいでいく。むしろ、会話に心が浮き立っている。自分は息子と話したかったのだ。

　ここへ来るまでの間、気が気ではなかった。かけがえのないものが永遠に失われてしまうのではないか、その恐怖に苛《さいな》まれた。息子が出て行った後、くだらない意地を張って連絡を取ろうともしなかった自分を呪った。自分は決して、野球をする息子だけを愛していたわけではない。息子がどんな生き方をしようとも、それを肯定し、支えたくてたまらなかっただけなのだ。

「演劇っていうのは、よくわからんが――」

「いいよ、無理にわからなくても。俺もまだ全然わかんないし」

「楽しんでやれてるのか」

健輔は少し視線を落として、考えている。

「親父は、審判するのは楽しい？」

「そりゃあ……きついこともあるが、まあ、楽しんでるとも言えるかな」

「それと一緒だよ、たぶん」

鍋島はゆっくりと頷いた。

「そうか――まあ、しっかりやれ」

健輔は今日何度目かに、びっくりしたような目を鍋島に向けた。


帰りの新幹線は空いていた。

鍋島はぼんやりと窓に映る自分の顔を見ていた。列車の振動で、身体を揺れるがままにしておくのが心地よかった。芳江は隣の席で微かな寝息を立てている。

頭の中ははっきりしていた。息子と何年か分の会話をしたことで、その直後は気持ちが高揚した。だがその昂《たかぶ》りは、息子と別れた後にもう一人の自分が投げてくる、蔑《さげす》むような視線に晒《さら》されているうちに、跡形もなく消えてしまった。

健輔があんなに喋るのを初めて見た。裏を返せば、これまでは心を開く機会を俺が奪ってきたということなのだ。

銀行の仕事を通じて、普段から自分は相手の心の内を察するのに長けているという自信があった。商談では情と論理を使い分けて顧客を説得し、何度も大きな契約を獲得した。人心掌握術の行内セミナーで講師をしたこともある。部下の心の動きも細かい部分まで摑めているし、厚い信頼を得ていると自分では思っている。

なのに、自分の息子のことは何一つわかっていなかった。

暗い窓に映る顔が、酷く傲慢に見えた。車内の明かりでシルエットになって目の色は読み取れないのに、太い眉と胡坐《あぐら》をかいた鼻だけが強調されている。

お前はいったい、今まで何をやってきたんだ。

「おにぎり、食べる?」

芳江がいつの間にか目を覚まして、レジ袋の中を探っている。

「辛子明太子としゃけと野沢菜があるけど、どれがいい?」

鍋島は肩越しに後ろが空いているのを確かめてから、リクライニングを倒すと、座席に背を預けて伸びをして、大きく息を吐いた。

「今日、健輔に京都府大会の俺の判定のことをどう思うか聞いたんだ。そしたら、『親父らしい』って、言われたよ」

「――そう」

芳江は鍋島の答えを待たずに、はい、と野沢菜のおにぎりを差し出してきた。

「明太子がいいんだが」

「コレステロールの数値を考えてね」

鍋島は野沢菜を受け取った。それなら何で選択肢を示すんだ、と思ったが、黙っていた。

「なら最初から聞くなって、思ってるでしょ」

芳江は含み笑いをしてから、急にこちらに真っ直ぐ向き直ると、丁寧に頭を下げた。

「今日は来てくれて、ありがとうございました」

「なんだ、急に」

「健輔にとって、あなたはいつまでもヒーローなのよ。もう治っちゃったんじゃないのっていうくらい、嬉しそうな顔してた。あなたのお陰だわ」

鍋島は苦々しい思いになって、おにぎりの包装を破いた。ビニールが斜めに裂けて、中身の形が少し崩れた。

「――俺は今まで、あいつの邪魔をしてただけなのかもしれんな」

芳江は黙って、こちらを見ている。鍋島はつまらないことを言ったと思いながら、おにぎりを頬張った。

「あの子が演劇をやりたいって打ち明けてくれなかったことを、気にしてるの？」

「いや」

「あたしはしゃけにするわね」

芳江はきれいにビニールを剝ぎ取っておにぎりを両手で捧げるように持つと、小声でいただきますと呟いた。

「あなたお仕事で、今日も京都のぶぶ漬けだったたって、よく言うでしょう。あれは、京都のお客さんが社交辞令ばっかりで、なかなか本音を言わないとか、そういう意味よね？」

「何の話だ、いきなり」

芳江はおにぎりを一口頰張って、片手で口元を隠しながら暫く咀嚼《そしゃく》に集中していた。

「あたしは京都の人間じゃないからよくわからないんだけど、あれ、ちょっと京都の人が気の毒じゃない？」

鍋島は問いかける視線を投げながら、妻の次の言葉を待った。

「だって、京都の人は相手を邪険に追い払ったら気の毒だから、本心じゃなくても丁寧な応対をするわけでしょう」

「――もともとは、『ぶぶ漬け、どうどすか』って言われたら、用事は済んだからそろそろ帰れって意味なんだよ。それを察することのできない奴は陰で笑い者になる。だから、どうかな……少しニュアンスが違うんじゃないか。物事をストレートに言わない。遠回しに言って、気付かないのは相手が悪いとされる。本音を伝えるのに、外面を格好良く保って自分の手は汚さないようにするという感じ」

「日頃苦労してるだけあって、随分な言い方ね」

芳江は笑って二口目を頬張り、おいしい、と呟いた。

「でも、それって京都の人だけじゃないでしょ。商売をする人なら特に、多かれ少なかれそういう面はあると思うわ」

「それはまあ、そうかもな。――で、何が言いたいんだ」

「『ぶぶ漬け、どうどす』って言った人も、全員が全員、帰れっていう意味で言うわけじゃないと思う。商談を断るにしても、本当にストレートに追い払ったら可哀そうだから、お茶漬けくらいご馳走してあげようって思ったのかもしれない」

「だから、何の話だ」

芳江は暫く考えるような目の色をして、おにぎりを見つめていた。

「それが正しいかどうかは別にして、相手を傷つけたくないから言葉を選んだり、何も言わなかったりすることってあるでしょ。もしそれで気持ちが伝わらなかったら、大抵の場合、後悔することになるのかもしれないけど……。健輔があなたに演劇をやるって言うためには、自分が野球よりも演劇の方が好きだっていうことを、細かく具体的に説明しなきゃいけない。じゃないとあなた、納得しないし。そして、健輔は大好きなあなたと大喧嘩をしなきゃいけない。だからいっそ、細かいことは一切口にしないって決めたのよ」

あの子は、そんなに野球を好きじゃないんですよ――。

鍋島は、健輔が出て行った日の夜、芳江が言った一言を思い出していた。

「あの子、自分は間違っていた、嫌でもちゃんと話すべきだった、もう親父に会う資格はないいんだって、何度も繰り返してたわ。あなたが来る前に」

「逃げちゃったって、自分で言ってたな」

「京都のぶぶ漬けって、長い時間をかけて京都の人が培ってきた知恵なんじゃないかしら。あたしたちは――健輔も――お互いにうまく伝えられなかった。でも、言葉ってそういうものよね。言い過ぎたり、言い足りなかったり、すごく難しい。受け取る方はそれを手がかりにして、相手の気持ちを一生懸命考える。考えてもわからないんだけど、それでもそうしなきゃいけないって、あたしは思うの」

「俺が――俺が健輔に何も言わせなかったということなのかもしれん」

「あなた今日、健輔と長い間話し込んでたわよね。それって、あなたが一方的に話すんじゃなくて、健輔が話せる時間をたくさん作ってくれたってことでしょう」

「今日――初めてな」

鍋島はもう一度、大きく息を吐いた。

何も言わないことで誤解が生まれることもあれば、何気ない一言が取り返しのつかない結果を生むこともある。面と向かっても難しいのに、ネット空間の炎上など当然の成り行きだ――最近そんな論評をよく耳にする。あらゆる空間に言葉が溢れる現代だからこそ、言葉の重みは一層増すのかもしれない。

それにしても、何と危ういのだろう。その重い「言葉」を尽くしても、分かり合えないと感じることもある。逆にたった一言で、相手のすべてを見切った気になることもある。そのどちらも、時に正しく、時に間違っている。

巷に「相手を傷つけないテクニック」だとか、「こうすれば気持ちを伝えられる」といったマニュアル本が溢れる。それをなぞった言葉と、芳江の言う「一生懸命考えた」一言は、同じ音、同じ字でも、きっと大きく違うはずなのだ。だがその違いに気付くことは、今の時代あまり重要視されていない気がする。

人に何かを伝えるとか、人を理解するということは、きっともっと深い、生半可でないことなのだろう。簡単にできると考えること自体、謙虚さを欠いているのかもしれない。

自分がわかっていないのは、健輔のことだけだろうか。これまで摑んでいると信じていた顧客の心の内も、本当のところはわからない。もっと言えば、桂木だって本心で何を考えているか、自分は知らない。

そして――権田。

「あんな球、避けられるでしょ」

そうだ。あの言葉を発した権田の心の中を、自分はどれだけ考えてみただろうか。

四

「どうした、いきなり電話してきて」

耳に当てたスマートフォンが、その声量でびりびり震えるような気がした。

「お久しぶりです。実は先輩にお願いがありまして」

「お前の頼み事なら聞いてやるよ。言うてみい」

「できれば、会ってお話ししたいのですが」

「そうか——わかった。いつにする？　別に構わんぞ、今晩でも。こっちは暇や」

「では、今夜七時でいかがですか」

「了解。場所はどうする？　四条まで出よか」

「いえ、伏見の酒が呑みたいんです。例の酒蔵でどうでしょう」

「なんだ、変わり映えせんな——が、まあいいか。よっしゃ、待っとるぞ」

鍋島はスマートフォンを置いて、谷口信晃《たにぐちのぶあき》のいかつい顔を思い浮かべた。髪を短く刈って、三白眼《さんぱくがん》で相手を睨みつける。たるんだ頬の肉と分厚い唇はブルドッグを連想させるが、笑うとびっくりするくらい柔和な顔になる。

谷口は大学野球部の2つ上の先輩だが、出身校は京都の木暮東工業だった。

鍋島は立ち上がると、部長室のドアを開けてフロアを見渡した。ほとんどの部員が外出していたが、ちょうど副部長の町田昭彦《まちだあきひこ》が戻ってきたところだった。

「町田君、悪いが今夜はプライベートの予定が入ったから、早めに帰るよ」

町田は融資畑が長い実直な男だが、長めの髪を丁寧に撫でつけて、スーツの仕立てや靴にも隙がない、世間的には銀行員らしい男だった。「世間的」というのは一般のイメージという意味で、猛者《もさ》タイプが目立つ充優銀行ではむしろ少数派かもしれず、それで明らかに損をしている。何とか自分がここにいるうちに引き上げてやらないと――この男の、実は芯が強いくせにやや気弱に見える風貌を前にすると、鍋島はいつもそう考える。

「へえ、珍しいですね。わかりました。あとは任せてください」

「タテナ興産の件はどうだ」

「もうちょいです。さっき山野と行ってきたんですが、いくつかポイントがクリアになったので、これから審査部へ電話します」

「頼む」

町田は軽く微笑んで頭を下げると、鞄から引っ張り出した書類に視線を落として、難しい顔になって自席へ歩いていった。タテナ興産は府内有数の不動産開発業者で、進めるプロジェクトへの融資は予算達成には欠かせない主要案件だ。担当者の山野より、町田の方が断然深く噛み込んでいる。時間もあまりない。ここは町田に頑張ってもらう場面だった。

見送って、鍋島は再び部長室のドアを閉める。普段は開け放しておくのだが、今はその気になれなかった。フロアから遮断された静かな空間に包まれると、スイッチを切り替えることができる。

夏の府予選の判定について、谷口と話したことはない。

谷口の母校である木暮東は、甲子園初戦で敗退した。それがあの危険球退場に端を発した権田の出場停止のせいであることは、誰の目にも明らかだ。そしてその判定を下したのは、他でもない自分――この鍋島大輔である。

　電話口での谷口はいつもの明るい声だったが、果たしてあの判定をどう考えているのか。今夜は、その話題を避けて通ることはできない。いやむしろ、それが目的――谷口への頼み事の、根幹にかかわる部分と言ってよかった。

　実は、谷口こそ鍋島をアマチュア審判員の道に引きずり込んだ張本人である。谷口自身は既に引退して、高校生や大学生のプレーを判定することはないが、「グラウンドにおける教育者たれ」という教えを叩きこんでくれたのは谷口だ。こわもての外見からは想像できないほど面倒見がよく、学生時代は随分と世話になった。鍋島自身もどこか波長が合うのを感じ、谷口の引退後も二、三ヵ月に一度の割合で酒を酌み交わす。

　あの判定について話題にするのは怖くもあったが、同時に審判員（いや「審判委員」――谷口はそう呼ぶ）の師匠として、谷口の考えを聞きたい気持ちも強かった。そして、谷口なら木暮東のOBという立場に関係なく、冷静な目であれをジャッジするに違いない。

　京阪電車の中書島《ちゅうしょじま》駅を出て北へ、濠川《ほりかわ》を渡ってから三分ほどでその「蔵」に着く。

　この辺りに酒蔵が営んでいる店は多いが、谷口の行きつけはその中でも地味な味わいの構えだった。だが一歩中に入ると、大抵の客は古い酒蔵をそのまま利用した天井の高さと、縦横に何本も走る梁に目を奪われる。杜氏《とうじ》たちが積み上げた物語から滲み出る、武骨だが豊潤な歴史の香りに、暫し陶然とすることになる。

鍋島が初めてここに来たのは、京都法人部長として赴任した際、その着任祝いと称して谷口に招待された時だった。鍋島は飲めないわけではないが、酒には詳しくない。酒豪である谷口にたっぷりと伏見の女酒について蘊蓄《うんちく》を聞かされたのには閉口したが、長く時を刻んできた建物の醸し出す雰囲気と、升の中に置かれたグラスに溢れるまで注がれる澄んだ液体のまろやかさには、大いに心を動かされた。

コートを脱ぎながら店内を見回すと、奥のテーブルに軽く手を上げる谷口の姿があった。

「今日は突然すみません」

鍋島はテーブルまで歩み寄って、直立してから頭を下げた。谷口は既に右手に持っていたグラスを掲げるようにして、にいっと笑った。

「まあ、座れや」

「失礼します」

「底冷えやな。もう師走やから当たり前やけど、最近は十月とかでも暑い日があるから、夏からいきなり冬になる感じや」

「全くです。四季が、日本から無くなってしまうんですかね」

「なんか季節だけやのうて、すべてが極端になっていくよなあ。白か黒か決められることなんて、世の中ほとんど無いのにな。程よくというか、九徳中庸《きゅうとくちゅうよう》の道ちゅうのはもう流行らんのかな」

鍋島は苦笑しながら谷口と向かい合って腰を下ろすと、自分の横の椅子に畳んだコートを置いた。谷口は相変わらずの調子だ。だがそれを、愛弟子の心中を推し量ってくれているからだと考えてしまうのは、自分の心が彼に甘えたがっている証拠かもしれない。

「伏見の酒が呑みたいちゅうのは、お前にしては粋なコメントやな」

「以前ご一緒した時の味が、忘れられないもので」

「自然なことや。ここの酒は日本一やと、ワシは思うとる。京都の経済を支えとった時期もある。

――やのに、どうも保守本流になり切らん感じがするのは、なんでやろな」

「そんなことはないでしょう。京都の顔の一つですし、充分メジャーですよ」

「この街に育って、結局大してモノにならんかった男の、僻《ひが》みかもしれん」

谷口は小さく笑うと升の中にグラスを置いて、静かに酒を注ぐ。艶のある液体は溢れて、縁から升の中へつるつると流れ落ちた。

「で、今日はなんや」

鍋島は回り道はしないことにした。谷口も、たぶんそれを望むだろう。

「権田君に、会いたいと思いまして」

「権田？」

谷口は片方の眉を上げて、三白眼をこちらに向けた。

「はい。木暮東の、権田至君です。私が学校に直接申し入れるのは――その――少し差し障りがあるように思いますので、谷口さんにお願いするのが一番だと考えました」

騒ぎは収まったとは言え、鍋島に対しても時折まだ新聞や雑誌の取材申し入れがあるくらいだから（断っているが）、当事者である権田と仁科の通う木暮東と境風学園にも、マスコミの目がないとは限らない。谷口は木暮東野球部のＯＢ会長をしている。表立った動きをせずに、権田とコンタクトするのも可能なはずだ。

「会って、どうするんや」

鍋島は気付かれないように背筋を伸ばして、呼吸を整えた。

「今更ですが、私の判定が間違っていたことを謝罪します。その上で、あのプレーについて私の思うところを彼に伝えたいと思います」

谷口は下唇を突き出すようにしながら、グラスを見つめた。

「あれはミスジャッジだと言うんか」

「はい――谷口さんも、そうお考えなのではないですか」

縁の辺りをつまむように持って、谷口はグラスを持ち上げた。照明を映した酒のしずくが滴り落ちる。

「ワシは何も考えとらんよ。あの試合はお前が仕切ったんや。お前の判定がすべて、お前が正義。それだけや」

鍋島は顎を引いて、一瞬目を閉じた。

「その通りです。だから、権田君にだけ謝って済ませるつもりはありません。彼との話をきちんと終えた後で、どういう形になるかはわかりませんが、世間に対しても公式に誤審を認めて謝罪します。それが正しい順序だと思います」

谷口は一口酒を含んでから、ちらと鍋島の方に視線を投げた。

「その上で、――審判委員を辞めるつもりです」

思い切って言ってしまうと、却って気が楽になった。自分の中の許せない部分に、これで漸くけじめをつけることができる。ほっとした気分だった。

谷口が申し出を受けてくれればありがたいが、もし断られても、直接権田に会いに行けばいいだけの話だ。多少のゴタゴタはあり得るが、腹を括《くく》れば今更どうということはない。それに、どちらにしても谷口には仁義を切っておくべきなのだから、こうして会うのは必要なことだった。

「なんであれが誤審なんや」

谷口は再びグラスを升の中に置くと、目を伏せたまま独り言のような調子で言った。

「あれは故意ではありません」

鍋島は短く答えて、もう一度目を閉じてから大きく深呼吸した。

「私はあの試合中、ずっと権田君のコントロールに感心していました。ほぼキャッチャーの要求通りに投げ込んでくる。変化球の精度は落ちましたが、ストレートの場合、ほとんどミットが動かない。カウントによって、内外角ともギリギリのコースにボール1個、2個分ずらして投げられる。フォームが野手投げみたいだし、投球テンポが早くて雑な感じがするので誤解を受けやすいのでしょうが、制球力では私が見た中で間違いなくナンバーワンです。高校生にもこんな子がいるんだと、正直脱帽の思いでした」

谷口は黙っている。

「あの時、1球目は打者の胸元あたりに来ました。仁科君は危うく避けた。外角球のファウルを挟んで、3球目はグリップの高さで、コースはややベース寄りでしたが、あの日初めて少しシュート回転して打者の方に喰い込んできた。そこへ、仁科君は大きく踏み込んできたのです。あっと思ったが、どうしようもなかった。ただ権田君は、仁科君を狙って投げたわけじゃない。あのコースなら間違いなく避けると判断して投げたが、力みなのか、肝心なところで球がシュート回転してしまった。プロでも起こり得るミスで、しかも仁科君は球威に押されまいと前のめりになっていた。お互いに必死だったからこそ発生した結果だと思います。私は死球を宣告して、ゲームを止めました。——この時点では、危険球退場なんて、これっぽっちも考えていなかった」

鍋島は、手つかずだった升の中のグラスを取り上げた。唇を湿らせただけで酔いが舌先から耳元のあたりを巡り、こめかみが火照るのを感じた。

「だが権田君は、そのあと『あんなの避けられる』と言った。私は、こいつは独りよがりで思い上がっているのだと思いました。『勝負なんだから避けてもらわなきゃ』とも言った。それを聞いて、私は完全に頭に血が上ってしまった」

本当はその瞬間、健輔のことが頭をよぎった。こいつらの世代は俺らとは根本的に違う、理解の範疇を超えていると日頃から感じていた恐れが蘇った。恐れが背筋を走るのと同時に、生意気を言うな、この試合を仕切っているのは俺だという強烈な自負心と、ここで退いたら今までの人生が否定されるというリアルな感覚——錯覚——に、胸の内が完全に支配されてしまった。

審判委員として試合に臨む時、自らの生活は公私ともに完全に遮断して、試合に入っていくことが求められる。二時間の間、一切の私情を排除して隔離された世界に身を捧げる必要がある。

個人的にどんなに大きな問題を抱えていても、心の乱れを持ち込むことは許されない。だがあの時、自分はその禁を犯した。

「思わず歩み寄っていました。何と言ったのかと厳しい調子で尋ねましたが、態度は変わらなかった。あとは――ご存じのとおりです」

谷口はグラスを見つめて、まだ黙っている。鍋島はもう一口酒を口に含み、一気に流し込んだ。少し遅れて、喉元に痺れるような熱さがやってきた。

「権田君の言動がスポーツマンシップに欠ける行為だったという認識は、今でも持っています。ですが、規則6.02(c)「投手の禁止事項」の⑼はあくまで『故意』であった場合に、選手、監督に警告を発するか、試合から除くことができるというルールです。従って、あれを危険球として退場処分にしたのは、ミスジャッジだったと思います。権田君に指導すべき点があったのなら、別の形で伝えるべきでした」

そうだ、ミスジャッジだったのだ。プロの審判なら、誤審は許されない。重大なミスの場合は職を追われることになる。アマチュア審判はボランティアだけにペナルティは無いが、だからといって許されるわけではない。責務の大きさは同じだ。

「権田がお前の判定に対して明らかな不服を申し立てたから、退場にしたちゅう判断もあり得るやろ。それに、あの時牛島――キャッチャーのキャプテンな、お前を押しとどめようとして身体に触れとったやろ。あれも禁止行為や。厳密に言えば、退場を宣告できるプレーはいくつか見つけられる。それにお前自身、確か教育的見地から退場にした、みたいなコメント出しとったよな？　それに対する目立った批判も無いし、世間は結果に納得しとるんや。別に蒸し返さんでもええんとちゃうか」

　谷口は淡々とした口調で、そう言った。

「確かにそうですが、私の判定はあくまで危険球退場です。プレーヤーの禁止行為に対する教育的指導を退場の根拠にするのは後付けで、逃げと申しますか、言い訳に過ぎません」

「その後の話やけど、権田も相手に対して謝罪どころか、一切何も言わんかった。何か理由があるにせよ、あれも反感を買うのには十分や。やっぱり退場処分にしたのは正解やちゅう声も大きかったぞ」

「彼の態度の真意はわかりませんが、その点は判定自体とは関係ないでしょう。あくまで私が下したジャッジの問題です」

　谷口は笑った。やれやれ、といった表情で目線をグラスから鍋島に移した。

「相変わらずの堅物やな」

　鍋島は黙って、頭を下げた。谷口は自分の気持ちを試しているのだと思った。堅物というなら谷口こそ右に出る者がいないほどの頑固者だ。自身の考えについては何も語らないが、その判断に一切の逃げや言い訳が無いのは間違いない。

「権田に会えれば、ええんやな」

「お願いします」

　谷口は暫く黙っていたが、やがて会った時と同じ笑顔を見せて、その方がお互いにとってええかもな、と呟いた。会わせるのは、権田のためでもある――そんなふうに聞こえた。

「よっしゃ。仕切ったるから、暫く待っとけ。――とりあえず、今日は飲もうや」

「ありがとうございます」

鍋島はもう一段深く、頭を下げた。

「伏見の酒は、沁みるやろ」

谷口はグラスの縁を滑り落ちるしずくを指先で掬《すく》い取って、暫くそれを眺めていた。

第三章　西寺公園

一

九条大宮の交差点に差し掛かると、威容を誇る東寺《とうじ》の五重塔に嫌でも目を奪われる。ＪＲの京都駅から近く、観光ガイドブックやＴＶのコマーシャルにも頻繁に登場する、京都の玄関口の象徴である。

牛島敏也《うしじまとしや》は五重塔にちらりと視線を投げただけで、ペダルを踏む足に力を入れた。九条通りを西へ。あたりは暗く、街はまだ動き出していない。

東寺を過ぎてから５００ｍほど走ると、唐橋羅城門町《からはしらじょうもんちょう》に至る。平安の昔、朱雀大路《すざくおおじ》の南端にあった羅城門は、九条通りから少し北へ入った小さな公園にある石碑でしか、今は偲ぶことができない。敏也は幼い頃、「羅城門」というのはバス停の名前だと思っていた。小学校で京都の歴史を習い、『羅城門の鬼』や芥川龍之介の『羅生門』を読んで初めて、平安時代にその名前の大門があり、バス停の名前も町名も、それに因《ちな》んだものと知った。だが現在、立ち並ぶ灰色のビルと乾いたアスファルトからは、それがあった時代をイメージすることは難しい。

この辺りに差し掛かると、敏也は適当な道を上がる（京都では南北の道を北へ向かうことを「上ル」、南へ行くことを「下ル」という）。目的地はもうすぐだ。自宅から2㎞ほどの道程をスピードを上げて走ると、太ももの筋肉を呼び覚ますのにちょうどいい刺激になる。空気の冷たさが心地良い。今朝は信号にも邪魔されず、途中ストップしなかったことも気分を良くしていた。弾んだ息が、目の前に白く見えた。

唐橋西寺《さいじ》公園の前でブレーキを摑み、公園の中央にある大きな盛土というか丘の方を見やると、薄暗い中に真っ直ぐな彼の姿があった。敏也は自転車を降りて、前の籠に突っ込んであったバッグから、キャッチャーミットを取り出した。

ゆっくりと歩み寄る。徐々に、彼の——権田至の背中がくっきりと見えてきて、肩が少し上下しているのがわかった。盛土は小さな石杭と金属の柵に囲まれているが、至はその柵から15ｍくらい離れた位置に立っていた。そして、その柵の正面の部分に、いつもの通り空のペットボトルが4本、15㎝くらいの隙間を開けて並べられていた。

「おはよう」

敏也が声を掛けると、至は振り向いてこちらを見たが、何も言わなかった。

三ヵ月以上前、敏也は谷口さんというＯＢ会長から呼び出しを喰らった。谷口さんは以前審判員も務めていた先輩だ。面倒見が良くて、練習を手伝ってくれるだけでなくチーム全員をよく食事に連れて行ってくれたりする人で、顔はブルドッグみたいで怖いけれど、わりと話しやすくて、敏也はうるさいＯＢの中では好きな方に分類していた。

その谷口さんから「朝、西寺公園に行ってみろ」と言われたのだった。

飛び掛かる前の闘犬みたいや——敏也は思わず直立不動になった。谷口さんの厳しくなった顔つきからは、普段どこかに漂うふんわりした感じが消し飛んでしまっていた。

言われたとおりにして、敏也は至をみつけた。今でもはっきり覚えている。盛土の方を向いて、汗まみれになって肩で息をする至を見つけた、あの朝のことを。


今年の夏、至へのバッシングは熾烈《しれつ》を極めた。

最初は、新聞への投書とTVが火をつけて、「潔く謝罪せよ」「スポーツマンらしくない」の大合唱。至がメンバーを外れてチームが甲子園で敗退すると、今度はOBや保護者を中心とした身内とも言うべき人々から「迷惑をかけた責任を取れ」「地元の恥だ」といった攻撃が、さまざまな形で続いた。それだけならまだしも、至の生い立ちについての根も葉もない噂や、野球とは関係のない誹謗中傷まで垂れ流されるようになり、それはやがて木暮東というチーム全体に対する批判、学校の指導や教育方針への非難に拡がっていった。

敏也はこの騒ぎを、案外冷静に受け止めていた。

あんな四面楚歌の状態で、平常心でプレーするのは無理や。チームは勝てなくて当たり前。監督やOBの前では涙浮かべて、うまいことやったつもりやけど（谷口のおっさんはなんか醒めた目で見とったけど）、負けたんやからボロクソ言われる。そんなもん、スルーせなしゃあないやろ。

至は指弾される。俺はキャプテンやから責めはしないけど、あいつの責任と言われても、まあその通りなんやから、当然やろ。学校は矢面《やおもて》に立ってくれたように見えたけど、それは至が高校生――未成年だからや。何度か本人や親とも面談したみたいやけど、それは至のためを思ってやない。記者会見も批判を鎮静化するためのポーズで、至を守ろうとしてやったわけやない。

そんなふうに、敏也は考えていた。

校内の雰囲気、野球部と関係のない先生の視線も随分冷たく感じられた。それだけでなく、チーム内にも至を糾弾《きゅうだん》する空気が広がっていた。それまでの勝利は間違いなく至の力に依るところが大きかったが、今回の事件はそれを打ち消して余りあるものだったのだ。

至が一切のコメントを発しなかったことで、バッシングはどんどんエスカレートした。非難する側としては、至が自分たちの意見を無視しているように見えたのだろう。普段から至の不遜《ふそん》な態度を腹に据えかねている人たちが多かったことも、拍車をかけたかもしれない。学校の公式ページや野球部の応援サイトには投稿が溢れ、やがて閉鎖を余儀なくされた。

そんな中で敏也は、自分の心の中に至の沈黙を歓迎する気持ちがあることに気付いていた。しかし、それに気付かないふりを貫こうと、心に決めていた。

至が黙っているので、攻撃は彼に集中している。だが（見る人が見ればわかることだが）、あの時内角高め、グリップの辺りのボールを要求したのは、他ならぬ自分なのだ。至は自分のサイン通りに投げてきた。シュート回転して、思ったよりも内角へ喰い込むボールになってしまった。それは、あの試合初めてのことだった。

ブラッシングボールなんて高校生らしくない、危険すぎるという意見が、まあ大半やろ。だから責任の一端はそれを要求した俺にあると言えば、そうかもしれん。だけど、俺は至のコントロールを信頼してたんや。同時に1球目の反応を見て、仁科なら確実に避けるやろとも考えた。あんなに踏み込んでくるとは思わんかったんや。

自分のリードは、ほとんど話題にならない。確かに当てたのは権田だが、そのコースに投げさせたのは、牛島じゃないか——そんな声は、全く聞こえてこない。だからまあ、敢えて新たな火種を作ることもないし、馬鹿正直に手を上げて話をややこしくする必要もない。後ろめたさを感じる必要は、微塵もない。今のまま、流れのままでいい。

そんなふうに、自分に言い聞かせていた。

至が姿を見せなくなったのは、自然なことだったろう。どんなにメンタルが強くても、あの周囲の空気、圧迫には耐えられなくて当たり前だと思う。

すると、校内の雰囲気がまず落ち着いてきた。それにタイミングを合わせるように、世の中も沈静化してきた。所詮は京都のローカルな話題である。全国的に注目されたのは甲子園が始まった頃だけで、やがて報道されなくなり、京都でも口にする者はいなくなった。

最初は、このままフェイドアウトすればいいと思った。願ったりかなったりだ、と。ところが、騒ぎが小さくなるのと反比例して、敏也の中に芽生えた後悔の念が、やり過ごせないほどに大きくなってきた。

意外な心の動きだと思ったが、どこかで当然だとも感じていた。

至がどうしているか、それが気になって仕方がなかった。焦燥に似た気分が、時が経つにつれてますます募ってくる。会って何を話したいわけでもないけれど、このまま言葉を交わさずに高校生活を終えるのは何とも居心地が悪い気がした。蓋をしようとすればするほど、至を追い込んだ一人は自分ではないかという思いが首を擡《もた》げてくる。

確かに自分は周囲と一緒になって至を攻撃することはしなかった。だが、庇ったり、擁護することもなかった。そうすることで周囲の目がキャッチャーである自分に向けられるのが怖かった。そして、そう考えている自分を認めることはもっと怖かったのだ。

やっと、そう思うことができた。ちょっと癪に障る感覚があったが、それを認めた自分に安堵もしていた。周囲の騒ぎが収まったことで、漸く真正面から自分の胸の内を覗き込む気になった、と言えるかもしれない。

そんな時に、谷口さんに呼び出されたのだった。

開口一番に言われた。

「お前、いつまで逃げてるつもりや」

「逃げてるって、どういう意味ですか」

自分の声が、消え入りそうに頼りなくなっているのがわかった。

「そんなもん、自分でわかっとるやろ。——あいつは朝、西寺公園におる。行ってみろ」

そしてあの朝、至を見つけた。ここ、西寺公園で。

小さな公園である。とても本格的な野球はできない。昔、平安京の玄関口である羅城門を挟んで東西、対《つい》の位置に東寺と西寺という官寺が建立されたと聞く。東寺はその後も栄えて今もその姿をとどめるが、西寺は早くから廃れ、その面影はない。伽藍《がらん》の遺跡は公園の地中に眠っており、中央にある盛土は講堂の跡らしい。文化遺産として貴重らしいが、敏也はそのことにはあまり興味が無かった。

至はこんな狭い場所で、いったい何をしているのか。

それがその時抱いた、最初の疑問だった。

敏也は歩み寄ろうとしたが、至は背中に近寄りがたい雰囲気を漂わせていた。汗まみれの全身から発散される熱気だけでなく、何かが敏也を拒絶していた。

見ていると、至は盛土を囲む柵にペットボトルを並べ、そこへ向かって投球していた。距離は約15m、バッテリー間の距離より少し短い。マウンドは無いが、フォームはほぼ全力投球だった。投じられたボールはペットボトルの間を抜け、盛土の斜面に当たる。斜面は雑草や岩でなだらかではないが、ボールはほとんどが上方へ跳ね返り、その付近の場所に転がって止まる。きっちり10球、投げ終わると盛土へ向かってボールを拾いに走って行く。

敏也が見始めてから、至はそれを二回繰り返した。汗の状態から見て、すでに倍近い回数をこなしているのは間違いなかった。投球数は40球を超えていることになる。

敏也は理解した。至はバッシングに耐えかねて逃げ出したわけではなかった。何かに、取り組んでいるのだ――この時の言い知れぬ安堵の気持ちは、多分誰も理解できないだろう。

「こんなとこにおったんか」

ボール拾いを始めた至に向かって歩み寄りながら、あの時敏也はそう声を掛けた。至は弾かれたように顔を上げて、暫くこちらを見つめていた。

練習やったらもっとやりやすい場所があるやろ──そんな思いが、自分の声に滲み出ていたと思う。自分は、まだ何もわかっていなかったのだ。しかし、至は何も言わなかった。黙ってボール拾いを続けていた。

「俺が受けたるよ。──かまへんやろ」

「好きにせいや」

至はそれだけ言って、ボールを放り込んだ籠を抱えて投げる位置まで戻っていった。敏也は柵をまたいで盛土の側に入り、並んだペットボトルの後ろに回り込んだ。よく見ると、4本のペットボトルは底に輪っかにしたガムテープを貼り付けて、15㎝くらいの間隔で柵に固定してあるのだった。座ると、目の前にペットボトル4本が並ぶ。左端から右端まで60㎝強くらいだろうか。ホームベースの幅は17インチ（43・2㎝）だ。ちょうど内外角それぞれにボール1個か2個分、広い。

そして、敏也はあっと思った。至は自分が見ている間だけでも、20球を投じた。しかし、ペットボトルは1本も倒れていない。つまり、すべてのボールはボトルの間を通過していた──少なくともそれを倒すほどには、強く当たっても、かすめてもいなかったのだ。

至の最大の武器である制球力。それが、またレベルアップしている。

見ると、至がこちらを向いて立っている。敏也は慌ててミットを構えた。

至は振りかぶると足を上げ、素早く腕を振る。全力ではない。ちょうど真ん中、2本目と3本目のペットボトルの間にストレートが来た――次の瞬間、ボールはペットボトルに触れることなく、乾いた音を立ててミットにめり込んだ。軌道は真っ直ぐだったが伸び上がるように感じた。夏以来久しぶりに、左手に痺れが残った。

この日以来、敏也も時々西寺公園に来て、至の球を受けるようになった。気が向いた時に足を向けるという程度だったが、いつ来ても、至は必ずそこにいた。

「なあ、なんでこんな狭いところで練習するんや。他にもっとええ場所あるやろ」

敏也は尋ねてみたが、至は最初、何も答えなかった。

「小さい頃、町内の少年野球大会とかの練習も、ここやったからな」

何度目かの同じ問いに返ってきた答えは、答えになっていなかった。

二

敏也は至を見つけて暫くしてから、谷口さんに報告に行った。このあたりのけじめをきっちりしておかないと、あの人は特にうるさい。

谷口さんの自宅は伏見にある、昔ながらの風情を残した京町家である。通された奥座敷で、苦手な正座に尻の置き場をもぞもぞと変えながら、敏也は口を開いた。

「会えました。言わはった通り、西寺公園で。――あいつ、一人で練習してました」

谷口は頷いて、そのまま敏也の目を見つめ返している。

「なんであんなとこで、一人でやってるのかわかりませんけど」

「わからんか――お前、西寺ってどういう場所か知っとるやろ」

敏也が怪訝そうな顔をすると、谷口は「まあ、しゃあないか」と言って、小さく息を吐いた。

目を閉じて、分厚い唇をへの字に結ぶ。頬の肉がより下がって、顎にかけての皺が深くなった。

敏也は黙って、続きを待った。

「あいつは夏の大会が終わった直後から、ずっとあの練習を続けとる。たぶん一日も欠かさずや。今以上に、技術のレベルを上げようとしとる」

そんなもん、見たらわかるがな。

その思いが、少し顔に出たかもしれない。谷口の三白眼が鋭くなった。

「――あれが、あいつ流の謝罪なんやと、ワシは思う」

意味がわからずに黙っていると、谷口はゆっくりと諭《さと》すような口調で続けた。

「世の中は、権田はデッドボール当てても謝らん、スポーツマンらしくない言うて大騒ぎやったけど、ワシはそうは思わん。やり方が正しいかどうかは別にして、権田は全力で仁科と、チームへの謝罪を続けとるんや」

全く理解できなかった。この人は何を言うてるんや。

「謝罪て――そんなん、黙ってたらわからんし、誰にも伝わらんやないですか」

思わず、口をついて出た。監督にはこんな風には言えへん。けど、親父に近い齢で世代が上過ぎるから、先輩でも時々怖さが実感できなくなる。

「皆の前でさっさと謝れば、こんなに叩かれることもなかったやろし、甲子園のメンバーにも入れたと思います。そしたら俺らも勝てたかもしれない」

「――言葉にしたら、それだけでええんか。謝ったことになるんか」

「……」

「権田がチームに迷惑かけたんは、その通りやろ。お前の気持ちもわかる。けどな、あいつは言葉やなくて、あの場面でもシュート回転しないボールを投げられること、自分のやるべきことはそれだけやと思うとる。あいつの中では、謝罪いうたらそれしかないのや。今時、あんまりおらんアホかもしれんが――ワシはあいつの気持ちもわかる」

それは独りよがりやろ。自分で納得できたら、それでええちゅうんか。

「それやったら、はっきり謝ってから、並行して努力でも何でもしたらええやないですか」

「言葉にするのは形だけ、取り敢えず外見を整えるだけのような気がするんやろ。あいつはそれが嫌なんや」

「それは勝手すぎませんか。チームはそのせいで……」

「甲子園には出れたやろが」

敏也は思わず黙った。

「お前、権田がおらんから負けたと言うつもりか。あいつはメンバーから外れた。負けたんは、それを跳ね返すだけの力がお前らに無かったからや。お前らの力の無さまで、権田のせいにするつもりか、この腰抜けが」

谷口はいつかと同じ闘犬の表情になっていた。

「確かにあいつもぎょうさん間違いを犯しとる。だから今、味方は一人もおらんかもしれん。そやけど、お前が理解してやらんかったら、誰がわかってやるんや。アホになって、最後まで付き合うたるのがバッテリーとちゃうのか。ましてやお前はキャプテンやろ」

こういう時、取り敢えずは直立不動で下を向いて、嵐をやり過ごすのがこれまでの敏也のやり方だった。練習にしても何にしても、冷静に、合理的に動かないと効果は出ない。感情論で怒鳴られても、その言葉の中にある一つ、二つの有用な部分を逃さなければ、後は聞き流しておけばいい。無理難題も吹っ掛けられるから、まともに全部受けていては身が持たないし、チームも強くなれない。熱くなり過ぎず、どこまでも合理的に、納得してから動くべきだ。そう思っていたし、それができるのが自分の良さだと思っていた。

だが——。

至が姿を消して、もう卒業まで会えないかもしれないと思った時、自分は何故あんなに焦りを感じたか。至が西寺公園で汗まみれになってボールを投げている姿を見て、自分は何故あんなに安堵したか。

タイプは違った。だが、曲がりなりにもバッテリーを組んでやってきた。正直、性格的に好きではない。やりにくくもあったが、反対に感心することが多かった。興味深い、気になる奴ではある。夏の大会の危険球退場。リードした俺と、投げ込んだ至。妙な縁やけど、こんな経験をしたバッテリーはそうはいない。

谷口さんの言っていることは、正直よくわからない。だが、あいつが何をやっているのか、見極めてみるのも悪くないかもしれない。

アホになってみろ、か。

「西寺がどういうところなんか、何で権田はあそこで練習しとるのか」

谷口は元の表情に戻っていた。

「わからんでもええ。それも考えてみい」

谷口に会ってから、敏也の西寺公園通いの頻度が高まっていった。

気が向けば行ってみる程度だったのが、週に二、三回になり、一日おきになり、秋が終わる頃には毎日になった。

至はほとんど何も喋らない。ただ黙々とボールを投げ、ペットボトルが倒れたら貼り付け直し、また投げる。

ランニングなど足腰の強化も怠ってはいないようだった。引退して半年近くになるが太ももも周りは全く衰えていなかったし、投げる時の立ち方、下半身も安定している。上半身だけに頼ると肩や肘を痛めやすいが、30球、40球を投げても全くフォームが乱れず、そんな心配は無用なようだった。

「至、お前どこへ進むんや」

敏也は聞いてみた。これだけの体力と技術を維持しているということは、春先からすぐにどこかの大学か、社会人のチームに所属して練習を開始するのだろうと思ったのだ。

「俺が野球できるとこなんて、あるわけないやろ」

至は視線を合わせずに、そう言った。

敏也は改めて夏の喧騒の意味を思った。

至はアマチュア野球界で「自分勝手で無礼な男」、「チームに迷惑をかけても平気な男」の烙印を押されている。あの事件までは、至目当てで野球部へ見学に来る大学や社会人チームの関係者も多かった。それが秋以降は、至が姿を見せなくなったこともあり、ぱったりと途絶えている。自分を含めて、他の3年生の進路はほぼ固まっているが、至の話は全く聞かない。監督や先生との面談でも、お互い何となく避けるような感じで、それが話題に出たことはなかった。考えてみれば、彼はチームとのコンタクトすら絶っていたのだ。何も決まっていないと考えるのが自然だ。

「野球、やめるんか」

「誰がやめるて言うた」

低い声だったが、語気は強かった。

「進むとこはないけど、野球は続ける。トレーニングは一人でもできるんや」

至は盛土の方を睨みつけて、拾ったボールを入れた籠を抱え上げると、投げる位置まで戻っていく。

「なあ、せっかくこれだけ頑張ってるんやから、どこかのチームの人に見てもらったらええやないか。監督に相談するとか……。勿体ないやないか」

無言の背中を敏也は見つめた。

そう言えば、仁科はどこへ進むんかな。デッドボールの影響もあるやろか――ちらとその思いが浮かんだが、敏也はすぐに頭からそれを追い出した。

まあ、考えてもしゃあない。もともと引く手数多《あまた》やろし、あいつのことや、春からどこかのリーグでバリバリ活躍しよるやろ、きっと。

至は投球位置からこちらを振り向いて、籠からボールを一つ取り上げる。敏也は仕方なく腰を下ろして、ミットを構えた。一番右のペットボトルと二番目の間、左打者のひざ元。ベースを掠めるかどうかの、ストライクかボールか微妙なコースだ。

至は例の雑に見える素早いフォームで投げ込んでくる。だが注意深く見ていると、足を上げた立ち姿から体重が移動する一連の動きはほとんどブレがなく、いつも同じだ。ボールは正確にペットボトルの間をすり抜けて、一直線にミットに収まり、乾いた音が響く。

キャッチャーの習慣で受けたボールを投げ返そうとすると、至は既に2球目を籠から取り出している。いつもの動きだ。敏也は気付いていて、1球目は投げ返さずに柵の方へ転がしておく。僅か15mの距離だが、ここを小走りで往復して、凸凹の斜面で屈伸をしながらボールを拾い集める、これも至にとってのトレーニングの一環らしかった。その意味で敏也は文字通りの「壁」で、ただ至の投球を受け、後は彼が15mを往復するのを見ているだけだった。

至の姿には何かに憑かれたようなところがあって、話しかけるタイミングが難しい。

「前にも聞いたけど、何で西寺公園なんや」

ちょうどボールを籠に集めている時に、もう一度聞いてみた。

「まあ盛土はキャッチャーの代わりにならんでもないし、柵があるからペットボトル貼りやすいけど……そやけど、こんな思い切り手づくりのアナログ設備でやらんでも」

至はボールを拾う時、一つずつ膝をしっかり曲げる。

「お前、西寺て知ってるやろ」

「ああ、──昔ここにあったお寺やろ。東寺と対で造られた」

至はボールを拾う手を休めて、こちらを向いた。

「西寺て、可哀そうやと思わへんか」

「可哀そう？」

「俺な、ここへ来るといつも思う。結果を決めるのは、運だけや」

久しぶりの会話らしい会話だったが、言っていることが理解できない。

「どういう意味か、ようわからん」

「人間やから結果がほしい、褒められたいと思う。でもそんな時、結果は運次第なんやからそれを目標にしたらアカンといつも思いなおす。ここへ来たら、そうできるんや」

「運次第て、──西寺が不運やったちゅうことか」

「歴史はよう知らん。ただな、昔同じように官寺として建てられた東寺は栄えて、今でも京都のスーパースターや。西寺かて京都を想う気持ちは同じやったはずやのに、何で早くに廃れたか。いろんなことが重なったんやろな。そうなったのは――運や」

西寺のことは、京都出身の敏也でさえ、その存在を聞いたことがあるという程度だ。他府県出身の者はほとんどが知らないだろう。至はこのあたりで生まれ、育っている。幼い頃から聞かされた話があるのかもしれない。

「運だけやなくて、西寺の坊さんがサボったとか、そんな理由もあるんとちゃうか。――俺も知らんけど」

「だから、もしそうなら、そんな坊さんがおったのが西寺の運の悪さや」

「……」

「華々しい結果なんて、そんなもんは運に恵まれただけで、まやかしかも知れん。――中身を鍛えること、人がやれるのはそれだけや」

至は視線を外して、またボールを拾い始めた。膝を曲げて一つ取り上げて、伸ばして籠に投げ入れる。

「周りから認められんでも、ええちゅうことか」

「外見とか、言葉とか、そんな上っ面に惑わされて生きるのは、人として失格や」

「至、お前――」

こいつ、そんなことを考えていたのか。

少し離れたところに転がったボールを取りに、至が離れていった。一瞬だが、敏也はその背中を遥か遠くに感じた。一度屈伸があって、至が戻ってくる。その動きをずっと見つめていたが、目が合うことはなかった。

「西寺は廃れた、俺も西寺みたいな運命かもしれん。けど、たとえそうでも、俺は最後まで俺のやれることをやる。進む先なんか無くても、別に気にせえへん」

至は最後に拾ったボールを籠に投げ入れながら、そう言った。

三

敏也は学校の図書館へ行って、西寺について調べてみた。

資料は少なかった。歴史の本に若干の記述があるのと、遺跡調査に関わるレポートをインターネットで見つけただけだった。

平安京が造営された時、羅城門を挟んで東に創建された東寺は栄えたが、西の西寺は平安中期以降の火災や、立地の水はけが悪く平安後期に住民が減って環境が悪化したことなどもあり、廃寺となったという。

大正時代に「西寺跡」として国の史跡に指定されていたが、本格的な発掘調査は昭和34年からであった。金堂《こんどう》、廻廊、僧坊、食堂《じきどう》、南大門などの伽藍跡が地下にそのまま眠っていることが確認され、唐橋西寺公園の中央にある盛土は講堂跡と判明した。これら貴重な遺構を後世に継承するため、現在も近隣の住宅地においては、建て替え時に地下の遺跡を傷めないよう細心の注意が払われている――。

敏也は本を閉じた。閲覧室の椅子に座ったまま、ぼんやりと虚空を見つめた。資料を見たところで、特段知識が増えたようには感じなかった。何となく知っていたことをなぞっただけの気分。至の心のうちが今一つ摑めないからだろうか。

東寺と西寺を対比して、その辿《たど》った歴史と今日の姿に大きなギャップを感じるのはわかる。しかも自分はそこで生まれ育っているから、自らの姿をダブらせることもあるのかもしれない。だが、あくまで遠い昔の出来事だ。あいつの話を聞いていると、どうも自分のポリシーというか、生き方とまでは言わなくても哲学というか、そういう部分にまで西寺が影響を与えているのを感じる。

そこまで思い込まんでもええのに。――それだけあいつが意固地な奴や、ちゅうことか。俺にはちょっと理解できんけど。

敏也は図書館を出た。ぶらぶらグラウンドの方へ向かって歩く。久しぶりに後輩たちの練習を手伝ってやるつもりだった。

新チームは自分たちが甲子園で敗退した翌日に始動した。十月の秋季京都大会はベスト8止まりで、翌月の近畿大会には進めなかった。自分たちの代で古豪復活とか言われたが、そこはやはり公立校、甲子園の常連校などと比べると練習設備は貧弱だし、専属のコーチもいない。後輩たちはちょっと線が細くて、まだ普通の高校生と変わらない感じだ。この冬の練習でどこまで鍛え上げられるか、それが今後を大きく左右する。

「キャプテン——牛島くん」

呼び止める声に振り返ると、女子マネージャーの倉野梨花《くらのりか》が立っていた。

「おう。——もうキャプテンとちゃうぞ」

梨花も3年生で、新チーム発足と同時に引退した立場だ。部活の仕事から離れたからか、無造作だった髪が少し栗色をしている。これならショートボブと呼んでもいい。

「ごめん、つい」

「謝ることでもないけどな——なんや、練習手伝いか」

「ちょっと相談があるの。ここへ来たら、キャプ——牛島くんいるかと思って」

「ビンゴやけど、告白《コク》るには人の目がありすぎるで」

梨花は白けたようにちょっと首を倒して斜めから敏也を見つめた。

「そんなんとちゃうよ。うち、眉毛下がってるの嫌やし、将棋の駒みたいなあごの形も趣味とちゃうし」

「わかったわかった」

敏也は手をひらひらさせて、再びグラウンドへ向かおうとした。

「——権田くんのことやねん」

敏也は歩みを止めた。いきなり心の大部分を占めている名前が出てきて、図書館からずっと自分の行動を見張られていたような錯覚に捉われた。

「至がどうしたって?」

「牛島くんは、今権田くんがどうしてるか、知ってるんやろ?」

「――まあ、時々会うてはいるけどな」

「よかった。実は、権田くんに会いたいって人がいるねん。それで権田くんに連絡取りたいんやけど、携帯は出てくれへんし、家に行っても居てへんし。連絡が取れたとしても、うちの言うこと聞いてくれるかどうか、わからへんし」

敏也は少し警戒する気持ちになった。今でもあの危険球事件のことを聞きたがる人間は多いらしく、学校への取材申し込みが後を絶たないという。生徒へ直接アプローチする者もいて、自分たちはそれに応じることを禁じられていた。

「またスポーツ紙の記者とか、そんなんか」

「そういうのんとは、ちゃうと思うけど」

梨花が口籠《くちごも》り、少し間があった。

「境風の人」

「まさか、仁科じゃないよな」

目を見開いた敏也に視線を合わせたまま、梨花は首を振った。

「うちが知ってる人で、1級上の上月さんていう女子大生。ほら、覚えてへんかな。2年ちょっと前に、境風の新聞部の人が取材に来たことがあったでしょ。あの時に仲良くなって、今も時々連絡取り合ったりしてるんやけど」

そう言えば朧《おぼろ》げな記憶がある。自分がキャプテンになる前、一つ上の代の時だ。

「ふうん。――で、その人が何で？」

「詳しいことはわからへん。ただ、権田くんに会いたいから、連絡先を教えてほしいって」

「何か変やな。新聞部にいた人やろ」

「でも、変な人やないで。心配やったら誰か一緒でもいいって言うてるし」

敏也は視線を外して、顎に手を当てた。高校時代に新聞部なら、大学でもその類の活動を続けていて、マスコミ志望かもしれない。その女子大生を前面に立てて、後ろには本職がいるということも考えられる。そうなると面倒だ。

「断れや」

「やっぱりそうした方がええかな」

「至に会いたいなんて、どうせ危険球退場の話やろ」

「それは――そうかも」

「なんぼでも言い方はあるやろ。監督から止められてる、とかなんとか。実際、もしそんな話監督にしてみいや。お前はアホか、絶対ダメやって一発でアウトや」

梨花は俯いて、自分を抱きしめるような仕草をした。彼女は体育の授業で着るジャージにカーディガンを羽織っただけの姿だった。

「お前、そんな格好で寒うないんか」

「え？――ああ、大丈夫。これからグラウンド行くし、うち寒いの得意やし」

薄いリアクションやな――と思いながら、敏也は首に巻いたマフラーを貸してやるべきかと少し考えた。が、結局それはやり過ぎだろうと結論した。

「でも、権田くんには一応伝えた方がええんとちゃう？」

「別にかまへんやろ。あいつも人嫌いみたいやしな」

「そんなことない」

意外なほど強い口調に、敏也は歩き出しかけていた足を再び止めた。

「あたし小さい頃から知ってるけど、権田くんは人嫌いとか、そんなことないよ」

梨花は顔を上げて、しっかりとこちらを見ていた。

「権田くんとあたし、同じ町内で、同じ幼稚園、同じ小学校やねん。そやから小さい頃から地蔵盆とか、ずっと一緒」

「――そうやったっけ」

「小さい頃はあんな風じゃなかったよ。すごい負けず嫌いなのは変わらへんけど」

「昔から偏屈やったわけか」

「偏屈ちゃう、負けず嫌いって言ったの。よく一緒に遊んだけど優しくて、明るかったよ。口数は多くなかったけど、ひょうきんなところもあったし、友達もたくさんいた」

「へえ……ちょっと信じられへんな。いつからあんな面倒くさい奴になったんや」

梨花は一瞬押し黙って、グラウンドの方へ目をやった。

「それは――たぶん、お父さん亡くなってからやと思う」

敏也は黙って、梨花の視線が戻ってくるのを待った。

「うち、小さかったからあんまりよく覚えてないけど、権田くんのお父さんすごい優しい人やった。地蔵盆で、茣蓙《ござ》に子供たちと車座に座って、いろんな遊びを教えてくれはって」

「地蔵盆か――」

地蔵盆はお盆を過ぎた夏休みの終わりごろ行われるが、子供たちの名前の入った提灯が町内にずらりと並ぶ。敏也も、その中に自分の提灯を見つけた時の嬉しさをはっきり覚えている。今は子供の数が少なくなって実施しない町内もあるようだが、敏也にとっては今でも「京都の」夏の風物詩だ。

「懐かしいな。近所のおっちゃんによう遊んでもろたよ」

梨花は遠くを見つめるように視線を上げた。口元にほんの少し、笑みが浮かんだ。

「手品やってくれたり、怪談聞かせてくれたりね。女の子にはあやとり教えてくれたり、京都の歴史とか、この辺の羅城門とか西寺の話とかしてくれたり」

「西寺やて?」

敏也は身体ごと真っ直ぐ梨花の方に向き直って、問い返した。

梨花は驚いたように一瞬目を見開いたが、すぐにまた細めて、懐かしむ表情になった。

「うん。大昔、東寺と同じくらい大きな西寺ていうお寺があったんや、言うて。西寺も東寺と同じように、京都を守るために造られた。いろんなことがあって姿は見えなくなったけど、今でも地面の下で、皆を守ってくれてるんやって、よう言うてはった」

「ふうん」

「なんか、町内が皆家族みたいやった。権田くんのお父さんはその中でも一番大きくて、優しくて、皆のお父さんみたいやった」

敏也は至に父親がいないことは知っていたが、その話をしたことはなかった。アウトサイダー的な印象が強いためか、至の肉親というのはどうもイメージしにくい。

「――それで、あいつのお父さん、なんで亡くなったの」

「うちも詳しいことは知らんのよ。交通事故やったらしいけど……。覚えてるのは、権田のおっちゃんのおっきな手と、ゆっくり喋る低いけど優しい声」

呼び方が変わっていた。「権田くんのお父さん」が、「権田のおっちゃん」に。

「中学生くらいになってから、うちのお母さんに訊いたことがあるねんけど、お母さんもあんまり知らんみたいやった。とにかく、それから権田くんがガラッと変わってしもた」

いつしか梨花の口元から微笑みが消えて、眉は翳《かげ》りを帯びている。

「中学も一緒やったけど、話しかけても何にも言ってくれない。野球部でも練習は真面目にやるんやけど、チームのみんなとも打ち解けなくて、すべて一人でコツコツやる感じ。他の人を避けてるみたいやった。なんでもっと、不満でも何でも、打ち明けてくれへんのか……」

「そんなんで、よく野球部に入ったよな」

この三年間、確かに至は仲間と打ち解けるタイプではなかった。合宿所でも、皆とあれこれ喋るよりは一人でランニングに出かけていく。無口で、こちらから話しかけない限り黙っていることが多かった。

梨花は何か言いかけたが、急に口を噤《つぐ》んだ。そして記憶を辿るように目を細める。

「――その頃に、うちびっくりしたことがあるんよ。どっかとの練習試合で権田くんが活躍して、試合後に相手校の監督さんにすごく褒められたの。『君はこのまま伸びたら全国レベルの選手になれる』とか何とか。で、うちがよかったねって言ったら、怖い目をして『あんなの嘘に決まってるやろ。俺は騙されへん』って」

至ならあり得る反応だと思ったが、敏也は黙っていた。

「なんでそんなふうに思うん、素直に受け止めたらええやんって言うても、『言葉は信用できん。きっと油断させて練習サボらすつもりや。世の中ってそんなもんやろ』って」

「随分とまた、ひねくれたもんや。会話が成立せえへんな」

そうは言ったものの、敏也に違和感はなかった。この三年間、至は常にそんな態度だったような気がする。野球だけではなく授業でも、先生の話を素直に聞いているようには見えなかった。自分であれこれ調べて納得してからでないと行動しない。友人との会話はそこまで露骨ではないものの、相手にすぐ賛同したりはしなかった。そういう態度が友人を遠ざけている――それが敏也の評価であり、至を「面倒くさい奴」と呼ぶ所以《ゆえん》だった。

「でも」

梨花は首を振って、敏也を見つめた。

「サインプレーとか大事なことはミーティングでちゃんと話すんよ。きちんとポイントをまとめて、わかりやすく。それは牛島くんも知ってるやん——だから、うちは権田くんは本質的なところは何も変わってないはずやって思う。彼はホンマは優しいし、人嫌いでもないし、偏屈でもない。負けず嫌いではあるけど」

「そうなんかな」

「だから、うちはホンマは境風の人が権田くんに会いたいって言うなら、境風の人やったらなおのこと、会ってほしい。きちんと権田くんのことわかってほしいと思う」

梨花の視線は真っ直ぐで、唇は強く引き結ばれていた。

こんな話をするのは初めてだった。至と家が近いというのは知っていたが、幼馴染だという目で二人を見たことはなかった。危険球事件以降、自分たちが至の態度やチームへの不参加をぼやいた時にも、思えば彼女は沈黙を貫いていた。

梨花は、本音では擁護《ようご》したい至のことを、一切口にしないと決めたのではないか。そこには幼馴染である梨花にしかわからない苦悩が、葛藤があったはずだ。

——小っちゃい頃から知ってたんなら、あのバッシングはしんどかったやろな。至と同類と思われるのが嫌で、黙ってたんやろか？——いや、違うな。チームが至抜きで甲子園に行くことになったから、マネージャーとして皆の気持ちをあれ以上乱したくなかったんや。反論したくても黙って受け止めて、余計な波風を立てない——それが自分の役割やと、腹を括ったんやな、きっと。

まあ、こいつリアクションは薄いけど、根性はあるからな。

敏也は、境風の人間を至に会わせることには前向きになれなかった。だが、梨花がそれを望む気持ちは、何となく理解できる気がする。そう考える自分が、少し意外だった。

確かに、勝手に断るのは至に対して不誠実かもしれない。それに、どこか敵前逃亡みたいでダサい気もする。

「わかった。至と話してみるから、ちょっと時間くれへんか」

見ると、梨花の目が潤んでいるように見える。理不尽なバッシングへの悔しさを思い出したのかもしれなかった。

四

谷口のおっさんの家に来るんは、何回目やろか。

通された座敷で胡坐《あぐら》をかいて、敏也はぼんやりと考えた。

もともとOB会長とキャプテンやから、定期的なコンタクトはあった。府大会の前は日程の説明や、応援の段取りについて打ち合わせがある。大会が始まれば、俺は試合があるから部長とマネージャーに任せたけど、谷口さんは選手と話したがる性格で、俺になんやかんやと連絡してきはった。一つ一つのプレーへのアドバイス（というか説教）をもらったり、次の試合への作戦を伝授されたり。

引退して、もう関係なくなるやろと思ったのに、今度は至のことで報告を求められて、また会う回数が増えている。嫌いでない谷口さんやからどうにか我慢してるけど、もうええ加減解放してくれよ――正直なところ、今までの気持ちはそんな感じだった。

だが、この日は少し違っていた。敏也の方から連絡を入れ、谷口を訪問したのだ。自分の行動に、誰よりも驚いているのが敏也だった。

いつの間にか、俺も本気でアホを目指す気になってきたんやろか。

廊下に特徴的な足音が聞こえた。敏也が慌てて正座に座り直すのと、襖《ふすま》が開くのが同時だった。

「珍しいな。お前から訪ねてくるとは」

敏也は、谷口が自ら盆に湯飲みを二つ運んできたのに驚きながら、立ち上がって一礼した。谷口は座れや、と言いながら敏也の正面にどっかと胡坐をかく。同じ勢いで盆を畳に置いたので湯飲みが揺れて茶が少しこぼれたが、谷口は気にする様子も見せず、一つを取り上げて敏也の前に置いた。

「なんかあったか」

敏也は正座し直すと、用意していた言葉から始めた。

「西寺が可哀そうやって、至が言ってました」

谷口は黙っている。

「谷口さんに教えてほしいことが、ぎょうさんできました」

敏也は両手で膝頭を握りしめて、頭を下げた。結果として嵐が過ぎ去るのを待ついつもの体勢になったが、今回は作為的なポーズではない。敏也は、今日はホンマにそう思ってます、と言いかけて自分が情けなくなった。沈黙が暫く続いて、旧式の石油ファンヒーターの音だけが微かに、耳鳴りのように響いてくる。

「ずっと西寺公園に行って、至と一緒に練習してます」

最初は単なる「壁」扱いやったけど、最近はキャッチボールも増えて、ピッチングの時もちゃんと返球してる。一緒に練習してると言うても、嘘やない。

「至がやってる練習は、あいつなりの謝罪や――そう言わはりましたよね。マネージャーの倉野からは、至がある時からがらりと変わってしもた、あまり皆と打ち解けなくなったと聞きました。まだよくわかりませんけど、あいつがああいう形でないと自分の気持ちを表現できなくなったのも、きっと同じことがきっかけやと、考えるようになりました」

谷口はまだ黙っている。

「至の親父さんがなんで亡くなったのか、――谷口さん、知ってはるのと違いますか」

谷口は、至が西寺公園で練習をしていることを知っていた。そして、あの練習を「至なりの謝罪」であると捉えている。谷口が至について、監督や自分たちチームメイトも知らないことまで、しっかり理解しているとしか敏也には思えなかった。

「お前、初めてキャッチャーらしいことを言うたな」

敏也の怪訝な表情を暫く眺めて、谷口は視線を落とした。

「足崩せ。――キャッチャーは気配りと洞察力や。お前は頭はええかもしれんが、小賢《こざか》しく裏をかく方にしかそれを使わんやろ。それだけではキャッチャーとは言えんのや」

随分な言われ方やな──そう思いながらも、敏也には谷口が質問に答えようとしていることがはっきりわかった。

「大学では、それでは通用せんぞ。お前も、変わらなあかん」

谷口はそう言ってから、暫く黙っていた。

「──町内対抗の、子供の野球大会があってな」

昔ばなしを語り始めるような調子だった。実際、昔と言えば昔なのかもしれないが。

「至の親父は──哲《さとし》という名前やが──あの町内の監督やった。子供らにすごく慕われとったな。至もまだ小学校の低学年やったけど、そのチームにおったんや」

ということは、やっぱり十年くらいは前の話か。

「哲さんは野球の経験が無かったから、いつも練習の時にワシにコーチをしてくれ言うて、頼んできよった。コーチ言うても、ちょっとノックするくらいのもんやけどな」

敏也のもの問いたげな視線に気付いて、谷口は頷いた。

「哲さんも木暮東や。ワシの一コ上の先輩」

「ああ、それで」

「高校時代は、学年は違うけどまあまあ親しかった。その頃は二人とも社会人になってたから、会う機会も減ってたけどな。その日も久しぶりに会うたんや、練習場所の西寺公園で」

「西寺公園……」

敏也の呟きに、谷口の視線がやや鋭くなったように見えた。

「あの辺りはあんまり広場がないからな。西寺公園かて広くはないが、小さい子の野球やったら十分や。もっと東の、東寺町とかからも練習に来とって、結構混んどった覚えがある。——まあとにかく、あの日もそうやって練習を始めたわけや」

「その時も頼まれて、コーチとして来てはったわけですね」

「練習が始まったら、ワシが全部仕切る感じやった。哲さんはなんも口出しせずに、横の方でニコニコしながら腕組んで見とるだけや。時々、野良犬に餌をやりながらな」

谷口は遠くを見るような目になって、敏也の斜め上に視線を向けた。

「あの頃、公園の近くに小さい野良犬がおったんや。野良いうても人に慣れてたし、確か首輪もしとったから、捨て犬か、迷い犬やったんかな。ふらっと現れては餌をねだりよる。哲さんが来ると、まるで待ってたみたいに必ず出てきよった。哲さんはそいつにリックやったか、リッキーやったかそんな名前を付けて、可愛いがっとったんや。ところが」

谷口は言葉を切って、初めて湯飲みを手にした。口元へ運んだが、ほんの少し唇を湿らせただけのように見えた。

「ワシはノックをしとったから、実はその瞬間はよく見てへんのや……。子供らのいろんな証言を総合すると、ノックを受けた内野の子が返球したボールが、暴投になって道路の方へ転がった。するとリックが、何故か突然ボールを追って駆け出して、道路へ飛び出して行ったんや。哲さんはこらこら、とか言いながら犬を追った。不運なことに、そこへちょうど通常速度の車が走ってきた」

敏也は唇を噛む。

「リックは驚いて、道路の真ん中で立ち竦んでしもた。車は犬に気付かんかったか、何か他のモノやと思ったのか、どうもブレーキを踏まなかったらしい。実は気付いたけど後続車があって、急ブレーキの方が危険やと考えたのかもしれんが……。そこへ哲さんが飛び出して、リックを道路の反対側へ蹴とばした」

谷口は意識してか、音を立てて茶を啜った。

「犬は多分助かった。見てた奴によると、蹴とばされて転んだあと、そのまま凄い勢いで走り去ったらしい。それからリックを見た奴はおらん。あの場所が怖くなったんやろな。けど車の真正面に飛び出した哲さんの方は、ほぼ通常速度の鉄の塊に跳ね飛ばされた」

敏也は自分が息を止めていたことに漸く気付いた。大きく呼吸する。

「その時はさすがに車も急ブレーキをかけたから、大きな音がしてワシらもびっくりして事故やと思った。それを聞いてもまだ、ワシは事故に遭うたのが哲さんやとは気付いてなかったけどな。車を運転していたのは、証券か保険か何かの営業マン二人やった。慌てて救急車を呼んで、ワシが同乗して病院へ行った。——そやけど、あかんかった」

谷口は目を閉じて、長く嘆息した。一旦湯飲みを盆へ置こうとしたが、思い直したように暫くの間それを見詰めた後、一気に飲み干した。

「急ブレーキでも間に合わんて、スピード出し過ぎですか」

谷口は首を振る。

「通常速度や。警察もブレーキ痕とか、いろいろ調べたみたいやけどな。結局哲さんの無謀な飛び出しということになって、運転してた方は罪には問われんかった」

「でも、死亡事故でしょう。全く過失無しなんて」

「まだ防犯カメラも、ドラレコもそんなに普及してへん時代や。リックが哲さんの飼い犬で、リードでも付けとって、ドライバーが犬をはっきり認識していたと証明できたら、違ったかもしれんけどな。犬を追っかけたんや言うて泣いた子もいたけど、何人かの目撃者は、車の前にいきなり哲さんが飛び出した、犬には気付かんかったて警察に証言したみたいで、どうしようもなかった」

敏也は天井を見上げた。

口を開きかけたが、できなかった。どんな言葉も、この場にそぐわないような気がした。

谷口は持ったままだった湯飲みを再び口元へ運んだが、中身を飲み干していたことに気付いて顔を顰《しか》めた。急須を持ってきていないことを確認するように一瞬盆の方へ視線を走らせてから、静かに湯飲みを膝の横に置いた。

「至は、葬式が終わってから随分の間、学校を休んどったらしい。――無理もないわな、大好きな親父さんが突然いなくなったんや。それも、受け入れがたい形で」

谷口が口を噤むと、部屋はまたファンヒーターの音だけになった。だが敏也の頭の中では、響いてくる至の声が次第に大きくなって、ぐるぐると回っていた。

結果を決めるのは、運だけや。

中身を鍛えること、人がやれるのはそれだけや。

外見とか、言葉とか、そんな上っ面に惑わされて生きるのは、人として失格や。

まるで今ここに至がいて、耳元で囁かれたかのようにリアルだった。彼が子供心に父親の運命を酷く理不尽なもの、報われないものと受け止めたのは間違いないだろう。だから、至は西寺公園で――それを思い知らされた場所で、結果を欲しがる自分を叱り、自身への鍛錬のみを課している。

しかし――。

確かに声はリアルだが、浮かんでくる至の顔は何故か俯《うつむ》き加減で、表情が読み取れない。

「あいつはそれで、――」

谷口はこちらに掌を見せて、敏也の言葉に被《かぶ》せるように言った。

「ワシが知っとるのはこの程度や。今のあいつの胸の内は、ワシよりもバッテリーを組んどるお前の方がわかるはずや」

敏也は視線を落とした。俺の方が、わかるはず――。

そうだろうか。ボールを受けているだけで、胸の内まで見えてきた感覚はない。谷口さんの話で、初めてほんの少しだけあいつの気持ちに触れたような気はするが。

全くどこまでも面倒くさい奴っちゃ――心の中でそう毒づいてみたが、もう一人の自分にすぐ胸倉を摑まれた。

ビビりやがって、また格好つけんのか。お前はいつもそうや。そうやって相手をクサして、自分は安全地帯に逃げ込む。お前、至とサシで勝負する根性あんのか。腹の中では、勝てへんとわかってるんやろ。

敏也は俯いたまま、心を静めるように長く息を吐く。落ち着けや、そうもう一人の自分に向かって呟いた。

畳の縁を眺めた。その縁に沿って畳の端から端まで視線を動かしながら、谷口の目を見る勇気が回復するのを待つ。

俺はあいつとバッテリーを組んできたけど、あいつが何を考えてるのか、今までは真剣に摑もうとしてなかった。摑まなくても、うまくやれば試合には勝てる。勝てりゃそれで十分やろ、そう考えてた。それは確かや。おっさんに言わせれば、俺はホンマのキャッチャーやなかったわけや。

俺も、変わらなあかん。――つまりは、そういうことやろな。

何度か縁を往復して、落ち着いてきた。

そして漸く、敏也はそこに自分のための湯飲みが置かれていたことを思い出した。

五

西寺公園から真東、羅城門跡を挟んでちょうど反対側に東寺がある。

九条通りに面した南大門は、幅18ｍ、高さ13ｍという威容を誇る、その正門である。しかしその佇まいに高圧的な印象は無く、むしろ地域に根付いた庶民的な雰囲気が漂っている。まるで、訪れる人々を大きく両手を広げて迎えているかのようだ。

毎月二十一日、東寺では「弘法市」と呼ばれる縁日が催される。数えきれない露天商が並び、骨董品や植木、食料品や衣料品などを前に、境内《けいだい》は京都市民はもちろん、外国人を含めた多くの観光客で溢れ返る。これも、京都を象徴する風景の一つであり、洛南《らくなん》の地で地元民とともに歴史を刻む東寺の普段着の姿でもある。子供たちは東寺を「東寺」とは呼ばず、親しみを込めて「弘法さん」と呼ぶ。

敏也も「弘法さん」の境内で遊んで育った一人だった。

境風卒の女子大生とここで会うことにしたのは何故だろう。自分の心が少し弱くなっているせいかもしれない。どちらかの学校で、深刻な顔をして座って向き合うのは嫌だった。かといって、街中の飲食店は狭いし、他の人の目もあって憚《はばか》られる。

とにかく、落ち着いた気持ちで会いたかった。ここはいわば自分のホームグラウンドで、それが可能な気がした。「弘法市」のある日ではないので、広々とした境内に観光客が疎《まば》らであることも好都合だった。

「キャプ――牛島くん」

声をかけられて振り向くと、九条通りを背にして梨花が立っていた。そしてそのすぐ後ろに二人いて、こちらにどこか釈然としないような、落ち着かないような視線を向けていた。一人は薄手のダウンジャケットを着た、短く刈り込んでいた髪が伸びて収まりが悪くなった感じの男。もう一人は白いコートの似合う背の高い女。女の方が軽く頭を下げた。

「こっちが話をした境風ＯＧの上月奈津子さん。で、こちらが境風野球部の葉川信二さん」

梨花はそう紹介すると、今度は二人へ向き直った。

「うちらの代のキャプテンの、牛島敏也くん」

「キャッチャーの牛島――やろ」

男の方がいきなりそう言った。敏也が頷くと、彼は少し口角を上げた。初対面ではないのかもしれないが、正直、顔は記憶に無い。だが彼の方も同じような感覚らしく、距離感を測りかねている口調だった。

「僕も3年やけど、僕のことは知らんやろ？　補欠で、ずっとスタンドにおったから」

顔は記憶に無いと思ったが、眺めているうちに彼の身体全体の醸し出すムードというか、雰囲気が、イメージ映像を脳裏に浮かび上がらせてきた。

「いや、たぶん知ってる――試合前、いつも仁科とキャッチボールしてたよな」

葉川はびっくりしたように目を見開いた。一瞬口元がはっきりとした微笑みになったが、ちらっと上月奈津子の方に視線を投げると、すぐに元通りの無表情になった。

「今日はごめんなさい」

梨花が二人にそう言ってから、真っ直ぐに上月奈津子の方を向いた。

「上月さんが会いたいのは権田くんやとわかってるんやけど――」

「いや、俺が話すよ」

敏也は梨花を制して、ちょっと二人を見比べてから、上月奈津子の方を見つめた。

「倉野から聞いて、先に会いたいて言うたんは俺です。権田に会う前に、わかっておいてほしいことがあるんで」

上月は少し首を傾げるようにしながら、黙って敏也を見つめ返した。勝気な感じの視線が一直線に向かってきて、敏也は少しどぎまぎした。えらい美人やなというのが率直な思いだったが、それよりもその目の色に押されまいという気持ちの方が強かった。

上月は梨花の方に顔を向けた。

「いいのよ、梨花ちゃん。牛島くんにも聞いてみたいことあるし」

「あの危険球のことですよね。話っていうのは」

敏也は静かな口調を意識して、そう問いかけた。

逃げたらアカンぞ、と自らに言い聞かせながら。

以前の自分なら、もっと相手に喋らせないような口調で、主導権を握ろうとしただろう。会ってどうする、なんで今ごろ、仁科本人はどこや、あんたは当事者じゃないやんか――。そんな言葉でまくし立てて、上から抑え込みにかかっていたに違いない。だがこの数か月で、敏也にはそんな自分のやり方がひどく薄っぺらいものに見えてきていた。

理由はよくわからない。至の姿を見て、谷口から話を聞いて、それに影響されたとは思いたくない。そんなレベルの変化でない、もっと根本的な部分で自分の中に発生したものがあった。わずか十八年ではあるが、生きてきた月日を無駄にしないために、今自分は結構大事な分岐点にいるという自覚があった。自分がどこへ向かうのか、何を目指すのか、そんなことはわからない。自分のどこを変えるのか、それも説明できない。とにかく、感覚的というか本能的に、敏也は今が勝負だと思っていた。

ええか敏也、格好つけるなよ――。

「そう」

上月はゆっくりと頷いて、再び敏也に視線を戻した。

「あの投球が危険球と判定されて、権田くんは退場になった。あたしは退場になった理由は投球だけやなくて、仁科くんが倒れた後の権田くんの態度とか、いろんなものを含めた審判の総合的な判断やったと思ってるの」

梨花が何か言いかけたが、言葉を挟まない方がいいと思ったのか、結局黙り込んだ。

「あれから半年近くになるのに、今更なんやと思うかもしれない。確かに、もう世間でも一時ほど騒がれなくなったけど、権田くんはまだ正式に仁科くんに謝ってないでしょう。あなたたちは知らないと思うけど、仁科くんは死球の後遺症に今も苦しんでる。――あたしが知りたいのは、権田くんと牛島くん、あなたたちバッテリーがあのプレーをどう考えているかってこと」

「仁科は――怪我はそんなに酷いんですか」

初耳だった。学校を通じて、仁科は頭蓋骨にひびが入ったけど脳は大丈夫で、もう退院して日常生活に支障はないと聞いていた。後遺症とは――。

「いや、怪我そのものは大丈夫なんやけど、その――いろいろな」

葉川が少し慌てた感じで口を挟んだ。

「まあ、そこはそんなに心配はいらん。ただな、奈津子さんが言うてはるのは君ら自身がどんなつもりであのボールを投げたんか、ちゅうことや。もしもわざと当てたんやったら許されへんけど、――まさかそんなことはないやろ？」

「故意っていうのは、本気でそこを狙って投げるって意味だけじゃないわ。充分に当たるリスクがあるけど、もし相手が避けられなかったらそれは仕方ない、つまり当たるなら当たってもいいと思って投げるのも故意よ。あの時のあなたたちは、それぐらいの気持ちやったんとちゃうの？その後の態度と、素直に謝らへん姿勢を見てたら、そうとしか思えへん」

上月の声は少し震えて聞こえた。

「奈津子さん、違います。そんなことあるはずないです。わざとなんて――」

梨花は涙声だった。

「でも梨花ちゃん、だったら何で権田くんは何も言わへんの？　すみませんでしたって、帽子取って謝ったらええやないの」

「待ってください。俺から説明します」

敏也はそう言って、頭を垂れた。

「あれは、決して故意じゃないです。——けど、結果ああなったのは、あのボールを要求した俺の責任です。至——権田のコントロールを信頼していましたが、ミスの可能性も考えるべきだったし、怪我の怖さも見通すべきだった。すべてを軽く、甘く考え過ぎてました。仁科には本当に悪いことをした。すみませんでした」

上月が口を開くまで、暫く間があった。下を向いている敏也に、彼女の表情は見えない。

「もしそう思ってるんなら、どうして今まで何も言わなかったの？　それと、牛島くんはそう言ってくれるけど、権田くんはどうなん？」

敏也はそのままの姿勢で、大きく深呼吸をして、目を閉じた。

「俺が今まで黙ってたのは、ただ逃げてただけです。世間のバッシングが権田に集中して、キャッチャーのリードのことは誰も何も言わなかった。それをいいことに、自分のミスを棚に上げて、権田の後ろに隠れてた」

「そこまで言わんでええよ」

葉川の声が聞こえた。

「牛島は、１球目より３球目の方をベース寄りに要求してる。たまたまボールがシュート回転して、思ったより打者の方へ曲がってきた。そこへ涼馬も、思ったより大きく踏み込んできた。その結果起こった事故や。わかってるんや」

「それって、ホンマにそうなん？」

上月が葉川に問いかけている。

「ホンマです。この前も言いましたけど、試合のビデオを何回も見直しました。権田のコントロールは抜群やった。あんな高校生いません。ミスはあの1球だけやった。涼馬も、多分それをわかってる。だからあいつは、あれはビーンボールじゃないって言うたんです」

敏也は思わず顔を上げた。

「仁科が――そう言うたんか」

葉川は上月の方を見ていた顔をこちらに向けて、小さく頷いた。

「あれだけの制球力持ってたら、コースギリギリに投げさせるのは快感やろ。内角も思い切って突きたくなる。わかるよ、僕もキャッチャーやから。――補欠やけど」

敏也が口を開こうとするのに被せるように、葉川が言葉を続ける。

「勘違いすんなよ。お前からは謝罪の言葉を聞いたけど、ミスした本人の権田からはまだ何もない。奈津子さんだけやのうて、僕もあいつを許してない。涼馬は、仁科は、大変な思いをしてるんや。――さっき怪我そのものは大丈夫やて言うたけど、今あいつは、死球の恐怖心から打席に立てなくなってる。もう野球を続けられへんかもしれんのや」

葉川の声が、砲丸のような重さを持って腹の底に響いてきた。充分にあり得る話――というより、当然の結果なのかもしれない。

仁科がビーンボールじゃないと言っていると聞いて、一瞬でもほっとした気持ちになった自分を責めたくなった。あの死球は不運な事故で、誰の責任でもないのだという結論に着地しようとした自分を、ぶん殴りたい気持ちだった。

逃げるな、真正面から受け止めろ――。

「奈津子さん、少し歩きながら話しませんか」

梨花がそう言って、南大門の石段を境内の方へ向かって二、三歩降りた。

「ずーっと立ちっぱなしで、寒くなってきました」

「そうね」

上月は軽く頷いて歩き出しながら、葉川の方に誘うような視線を向けた。葉川は何も言わず、敏也から視線を外さずにそれに続いた。

敏也も石段を降りた。

「で、権田の前に僕らに会いたかったっていうのは、何でや」

葉川のスニーカーが踏みしめる玉砂利の音が、ここが東寺の境内であることを敏也に思い出させた。そうだ――俺は、伝えなあかん。

敏也はそう思ったが、何と言えばいいのかわからなかった。ゆっくりとリズムを刻むような四人の玉砂利の音の中で、必死に言葉を探す。目線を上げると、正面に本堂である金堂《こんどう》の威容《いよう》が望めた。右側には、冬の雲がどんよりと垂れこめた空に突き刺さるように、五重塔が聳えている。

幼い頃から、見慣れた境内だった。五重塔も、金堂も、その向こうにある食堂《じきどう》も講堂も、いつも走り回る自分を見ていてくれた。学校に通うようになって、喧嘩をしたり、いじめられたり、反対にいじめて後悔したり、それらすべてを何も言わずに包み込んでくれた。何故か突然、ここに抱かれてその庇護のもとに育った自分の幸運さを、敏也は思った。

「権田は、謝罪を続けてる」

「なんやて？」

「いや、——誰かに言葉で謝ってるわけやないけど、あいつのやり方で、あの翌日からずっと、謝罪を続けてるんや」

「何を言ってるのかわからないわ」

先を歩いていた上月が立ち止まって、敏也の方を振り返った。

「至は、言葉での謝罪は謝罪やないと思ってる——というか、言葉そのものをあまり信用してへんのです。だから、言葉で謝る前にやることがあると考えて、今でもある場所で、毎日トレーニングを続けてる。あいつにとっての謝罪の第一歩は、もう一度自分自身があの場面に置かれた時、ボール一つ分ベース寄りのシュート回転しないボールを、完璧に投げ込めるようになることなんや。それができて初めて、自分はもう一度仁科と対峙できる——あいつは、そう考えてるんです」

「——そんなもん、勝手な言い分や。独りよがりなだけやろ」

葉川は暫く黙っていたが、やがて吐き捨てるように言った。

「謝罪て、そんなもんやないぞ。相手に向かって、はっきりと伝えて初めて謝ったことになるんやで。それもその事態が起こった時に、すぐに、や。一人でコソコソやって、挙句の果てに自分で納得して終わりなんて、そんなんあるか」

葉川の気持ちはよくわかる。谷口のおっさんから初めてこの話を聞いた時、自分も全く同じことを思い、同じようなセリフを吐いた。今でも、至がすべて正しいとはちっとも思わない。

だが、少なくとも自分にとって、至の考え方、行動はショックだった。自分に何か大きなものが欠けていると思い知らされた感じだった。それは紛れもない事実だ。

「そう思う気持ちはようわかる。俺も、今ここで俺が喋ったことで、全部わかってもらえるとは思ってへん」

敏也は葉川と上月に向き直ると、もう一度頭を下げた。

「至は君らが会いたいといっても、今は会わんと思う。ホンマ、申し訳ない。でもそれは、まだ自分に謝る資格がないと考えてるからなんや。あいつは毎朝暗いうちに、誰にも言わんとトレーニングを続けてる。その姿を実際に見てほしい。それでも君らは納得できんと思う。それでもいい。とにかく、一度今の至の姿を見てやってほしい」

暫く沈黙があった後、誰かがホッと息を吐くのが聞こえて、葉川の声がした。

「どこへ行ったらええんや」

第四章　京の息吹

一

早朝、午前五時。

牛島に指定されたのは夜明け前、凍える空気で動きを失った街が、目覚めかけてはいるが、まだ息を潜めている時間帯だった。小さな公園の、中央にある柵に囲まれた盛土が街灯に照らされて、その枯れ草色をぼうっと浮かび上がらせている。

信二は、西寺公園というところにこの時初めて来た。平安時代、羅城門を挟んで東寺と対称の位置に西寺という官寺があり、その遺跡がある公園ということはかろうじて知っていた。だが、これまでの自分の行動範囲からも、興味の範疇《はんちゅう》からも完全に外れた位置にあって、意識したことすらなかった。

今、信二は公園の入り口から少し離れた建物の陰にいる。後ろには上月奈津子、木暮東の倉野梨花、この前と同じ二人がいた。

完全に納得してここへ来たわけではなかった。想像していなかった牛島の訴えるような口調に、なんとなく絆《ほだ》されてしまったのだ。彼の声音は耳の奥に今も響いている気がする。

この時間にここへ来るように、そして自分は権田の練習相手を務めるから一緒に行けない、ありのままの姿を見てほしいので、いきなり姿を見せずに隠れて見ていてほしい——牛島はそう言った。倉野梨花も権田の早朝練習は見たことがないらしく、彼の話を終始驚きながら聞いていた。梨花は権田の幼馴染だったらしい。牛島と別れた後、その頃の思い出をいろいろと語ってくれた。最近は昔と感じが変わってしまったと思っていたが、牛島の話を聞いて、やっぱり権田くんは権田くんだ——そう思ったとも言っていた。

そして今日。

「さすが京都の冬ですね」

信二は小声で後ろにいる奈津子に話しかけた。吐く息が白い。歩いてきて少し温まっていた身体に、みっしりと満ちた冷気が纏《まと》わりついてくる。

奈津子は、この間牛島と会った日から、何故か元気がなくなったようだった。ふさぎ込んでいるとまでは言わないが、明らかに口数が減っている。今日、信二は自宅から、奈津子は実家から、梨花と待ち合わせた東寺の南大門の前に一旦集まった。そこから歩いてきたのだが、その間奈津子は一言も口をきいていない。いつもはもっと溌剌《はつらつ》として明るく、積極的で強気な態度なのに——。途中、自分とはまだそんなに親しくない梨花が、何かあったんですかと囁くように訊いてくる始末だった。

「やっぱり東京より寒いでしょう」

「そうね」

反応はそれだけだった。

「あっ、あそこ」

梨花が声を潜めるようにして、息を吹きかけていた手の片方で公園の入り口を指しながら、信二と奈津子を交互に見た。

自転車のライトが現れて、公園に入ったところで止まった。

荷台に大きな籠か、ケースのようなものが、おそらくは紐か何かで括りつけられている。一人の黒い影が自転車を降りると、上着を脱いだ。籠に掛けてあったのだろう紐をほどいて抱え上げ、盛土の方向へ歩いていく。街灯の光で一瞬横顔が見えた。

権田だった。

と、もう一つライトが走ってきた。少しブレーキをきしませて先に来た自転車の横で止まり、同じような背格好の影が自転車のスタンドを立てた。盛土の方へ向かう権田に、何か言っている。中身は聞き取れなかったが、牛島の声だった。

こんな暗がりの中で、二人はいったい何をしようというのか。

権田は盛土の20mくらい手前にケースを置くと、そこから何かを取り出して再び盛土へ向かって歩いていく。牛島も小走りに後を追う。信二たちは黙って、その動きを見つめた。

二人は盛土を囲んでいる柵に、何か白いボウリングピンのようなものを取り付けている。もう少し明るくならないとよく見えないが、瓶のような形のものに蛍光塗料か、石灰でも塗り付けているのか、街灯の光の中に小さな杭がぼうっと白く光った。一、二……。全部で四本。権田は踵を返してケースの位置まで戻り、中から白いものを取り上げた。ボールだ。だがこれもやけに白い。さっきのボウリングピンと同じような塗料のせいだろうか、暗がりの中でもわりとはっきり見える。

牛島は柵のすぐ手前で立ち止まり、こちらを向いて立っている。権田はゆっくりと肩を回すと、牛島に向かってボールを投げた。ミットの音が響く。牛島も腕をグルグル回してから、ボールを権田へ投げ返す。白いボールは少し山なりの軌道で、しかしそれなりのスピードで、乾いた音を立てて権田のグラブに収まった。

街灯の、頼りない光の下でのキャッチボール――。

二人の間にはある種の緊張感があった。行き来するボールはグラブとミットを繋ぐ白い糸のように見えた。遊びのキャッチボールではない、試合前のウォーミングアップのような真剣味が伝わってくる。白くしてあるとはいえ暗がりの中だから、ボールから目を離すと捕りそこなってしまうのだろう。離れて見ていても、二人がボールを睨みつけながら、集中しているのがわかる。

やがて、権田がボールを受けると軽く手を上げた。すると、牛島が柵をまたいで盛土の内側に入り、さっき並べたボウリングピンの向こう側へ回り込んで、腰を落とした。

キャッチャーが中腰で立った状態での投球練習――ブルペンで本格投球をする前の、あの態勢だ。マウンドのない平らな地面だが、権田が数歩先の左足を踏み出すあたりをスパイクで掻いてから、元の場所に戻って、大きく深呼吸するのが見えた。

権田が振りかぶった。信二の視線は釘付けになった。あの夏の、あの西京極のスタンドで見て以来の投球フォームだ。権田は足を上げ、野手投げのような、やや雑に見えるが勢いのある動作で腕を振り下ろした。ボールは素晴らしいスピードに乗って走り、張りのある音を響かせて牛島のミットに吸い込まれた。

牛島は黙ったまま、ボールを素早く権田に投げ返す。

権田はそれを受けると、間を置かず投球動作に入る。このテンポも、夏の時と同じだった。信二は胸の奥で呻《うめ》いた――僕らが負けた、あの権田だ。涼馬がぶつけられた、あの権田だ。10球ほども投げただろうか。再び権田が手を上げる。そして、今度は牛島が完全に座った。ちょうど並べたボウリングピンが柵のようになって、その向こうに隠れる格好になる。ここからでは牛島の姿は見えるが、ミットは見えない。

権田は再び投球動作に入る。足を上げ、素早く腕を振り下ろす。白球は糸を引いて走り、乾いたミットの音が響く――ボウリングピンは動かない。ボールは正確に、ピンとピンの間を通って、牛島に届いたのだ。

牛島が投げ返す。権田は受け取り、間を置かずにモーションを起こす。投げる。ボールは一直線にミットに突き刺さる。ピンに僅かにかすることもなく――信二は暫くの間呆然と、権田の投球に目を奪われていた。寒さも忘れた。むしろ身体が興奮で火照ってくる感じだった。信じられない。権田のボールは、ただの1球もピンを倒すことなく、牛島のミットに収まっていくのだ。

二人の身体から湯気が立ち昇り始めた。暗がりの中でもはっきりとわかる。権田の投球はもう

30球は超えているだろう。牛島も投球ごとに構える位置を調整して、どのピンの間を通すのか、細かく要求を変えている。時には中腰になってピンより高い位置（打者の胸元あたりだろうか）に投げさせることもあるが、大半はピンの間、即《すなわ》ち打者のひざ元あたりの高さに投球を集中させている。権田の方も力を加減する気配は微塵もなく、ほぼ全力投球だ。むしろ球数が増えるにしたがってギアを上げている感じがする。

信二は、投げ込みを繰り返してコントロールを磨いたという、ずいぶん昔に引退したプロ野球選手のインタビュー記事を思い出していた。まだビデオによるフォームのチェックや、コンピューターによる動作解析など影も形もない時代だ。とにかく投げて、投げて——読んだ時は、前近代的な根性論に違和感を感じた。だが、目の前の権田の姿を見ていると、強靭な身体と、その身体に刷り込まれた技術の再現性の持つ力強さに、圧倒される気持ちだった。その選手は「精密機械」と称されるほどのコントロールの持ち主だったが、そのインタビューの中で、確かこうも言っていた。

「打者のグリップのあたりを狙って投げる。多少内側にズレても、一流の打者なら、避けるもんや。そのあとにアウトコースぎりぎりにストレートを投げる。打ち取るためには、必要な技術や」

権田がその記事を読んだのかどうかはわからない。だが、彼の投球からはその哲学に学ぶ忠実な姿勢が、そして涼馬に対して投じたあの球の意図と、涼馬へのある種のリスペクトが、ひしひしと伝わってくる気がした。

ビシッという音に、我に返った。目の前で繰り返されるまるで再生画像のような動きに、見ているようで意識は別の思いの方へ行っていたらしい。

初めて、権田のボールがピンをかすめたのだった。権田を見ると、さすがに肩で息をし始めている。投球は50球をとうに超えて、70球近くになっているだろうか。試合のような攻守交替はない。投げっぱなしなのだ。当然だった。

ボールの軌道が変わったのだろう、牛島は捕り損ねた。拾い上げると、何か言いながら投げ返す。権田は黙ったまま受けて、次の投球動作に入った。牛島が構える。権田が腕を振る。

バシッとさっきより大きい音がして、一番右のピンがはじけ飛んだ。

信二の目から見ても、権田の身体が立ってきているのは明らかだった。もともと手投げのような、突っ立って見えるフォームだが、それがさらに重心が高くなってきたのがわかる。疲れから下半身に粘りがなくなってきている。涼馬がいたら、同じことに気付くはずだ。

牛島が立ち上がってボールを拾いに行き、そのまま権田に歩み寄ろうとしている。

「座れや」

はっきりと、権田の声が聞こえた。牛島が言い返す。

「ちょっと休もう。壊れるで」

牛島の言う通りだった。無理をして、故障した例はいくらでもある。いくらしなやかな筋肉を持った奴でも、投げすぎると形が崩れてくるし、そこで無理をしたら必ずと言っていいほど怪我に繋がる。補欠のキャッチャーだからこそ何人もそんな奴を見てきたし、何でそうなるのか、ずいぶん研究した。本を読んで、考えた。涼馬の投球を受ける時も、よく目を凝らして見ていて、フォームが崩れてきたと思ったら切り上げようと言ったものだ——。

いや、待て。

信二は火照ったような身体が、別の感情で一瞬のうちに冷えるのを感じた。

本当にそうだったか？

キャッチングをしながら、目を凝らして涼馬のフォームを観察していたのは事実だ。わずかな乱れにも気づくことができるようになって、涼馬からの質問にも的確に答えられるようになった。自分の観察眼に自信が持てた。涼馬から感謝されて、嬉しくもあった。

だが、自分の方から「切り上げよう」と言ったことが、果たしてあったか？

権田の声がまた聞こえる。

「ここからや」

「何言うてるんや。お前、ほとんど毎日投げてるんやぞ。変な形になったらどっか痛める」

「いつもこのあたりなんや。疲れてくると、球も上ずるし、どうしてもシュート回転する。ここを乗り越えへんと、いつまでたっても同じや」

「たまには人の言うことを聞け。怪我したら元も子もない」

「俺の練習や。俺が決める」

牛島はさらに歩み寄ろうとしたが、立ち止まった。そのままの姿勢で黙っている。

投げて、投げて——も必要だが、疲れてきた時にどうフォームを修正するか、どこに気を付けるかは技術的な要素もあるのだ。自分の形がどう崩れるのか、それを防ぐにはどこを鍛えればいいか。試合中、どこまで修正しながら投げられるのか。

権田にフォームを正しく指導している人はいるのだろうか。自分の目から見ても言いたいこと、聞きたいことはたくさんある——信二は半歩、建物の陰から身を乗り出した。

僕は今、ここでこのまま、黙って見ていていいのか。

牛島はしょうがない、というように肩を竦めて、元の場所に戻ろうとした。

「ちょっと待てや」

信二は思わず大声を出して、駆け出していた。

自分でも驚いた。いったい、お前はどうするつもりなんや。他校の人間がこんな場所でしゃしゃり出て、しかも見つからんように見ててくれという牛島の頼みも無視して、後先考えずに飛び出して、アホちゃうか——。

二人は驚いてこちらを見た。

「ちょっと休んだ方がええ。無理するな」

「お前、誰や」

権田の険しい声がした。

「疲れで我慢が効かんようになって、最初と比べたら身体がだいぶん早うに開いてるんや。斜め後ろから見たらようわかる。だから身体が横回転になって、ボールがシュート回転する。今、疲れたまんま根性だけで投げても、結果は多分同じや。怪我するぞ」

信二は駆け寄って、一気にそこまで喋った。権田は黙っている。牛島はあんぐり口を開けて、こちらを見返している。

やがて、権田が静かに、もう一度言った。

「そんなことはわかってる。――お前、誰や。何でここにいる」

「至、説明する」

牛島が口を閉じて、また開いた。

「こいつは境風野球部の葉川。――今日、俺が呼んだ」

「境風――」

権田が呟くのが聞こえた。

「コーチか」

「いや、――そうやないけど」

権田は暫くこちらを見ていたが、やがて小さな声を漏らした。

「大きなお世話や」

やがて牛島の方に向き直った。

「捕らへんのやったら、そこをどいてくれ」

「待てって。話を聞け」

「何回も言うけど、大事なとこなんや。邪魔するな」

「お前に黙って葉川を呼んだのは謝る。けど、理由があるんや」

「そんなこと、別に気にしてへん」

権田は牛島に構わず、籠から新しいボールを取り出した。

「お前、涼馬に謝ってるんか」

信二は思わず叫んでいた。

「牛島に、お前を見てくれって言われた。――お前、そうやって涼馬に謝ってるんか」

権田はゆっくりと振り向いた。

その時、権田の顔に光が差した。一瞬だったが、公園の前を通る車のヘッドライトのようだった。権田は目を細めて、少しの間走り過ぎる車を目で追っていた。

気付くと、あたりはぼんやりと明るくなり始めている。ヘッドライトが何かのきっかけにでもなったように、暗い影だった権田と牛島の顔の輪郭が、はっきりと形を成すようになっていた。

街灯に照らされる盛土の枯れ草色だけだった周囲の色彩も、少しずつ自己主張を始めていた。

「もう日の出や。人通りがあったらこんな練習やれへん。――今日は終わり」

権田はそう言って手にしたボールを籠の中に投げ入れると、牛島の横をすり抜けてボウリングピンの方へ向かって歩き出した。明るくなり始めるのは速い。よく見ると、ボウリングピンだと思ったのは白く塗られたペットボトルのようだった。

牛島が慌てた感じで権田に続き、盛土の柵からペットボトルを外し始めた。

二

「権田君と――ほかにも誰かいるようですね」

　車の窓から目を凝らして、鍋島は公園の方を見つめた。谷口は公園の入り口を10ｍほど行き過ぎてから、車を停めていた。

「そやな。一人は牛島で、後は――まあ、もう練習終わる時間やから、権田だけに声かけても大丈夫やろ」

　谷口は車のハンドルから手を離すと、ドアを開けた。

「ここが西寺公園ですか」

「知る人ぞ知る――や」

　鍋島は車から出ながら周囲を見回すと、ダウンジャケットのファスナーを上げた。寒い。日は昇っているのだろう、東の空はやや曙色に染まっていた。だが街はまだ濃淡のある灰色に沈んだままで、吐く息の白さがそれに同化している。体の熱が余計に奪われる気がして、口で呼吸をするのが躊躇われた。

　権田と牛島が、公園の中央にある盛土の柵のあたりで何かやっている。設置していた練習道具を片付けているように見えた。

　と、離れてそれを見守っていた二人のうちの一人――女性――が、急に駆け出すのが見えた。一緒にいたもう一人に突然背を向けて、盛土とは反対方向の公園の入り口へ向かって走っていく。

何かを我慢していたが、とうとう耐え切れなくなって逃げ出した——そんな走り方だった。

「上月さん」

もう一人がそう叫んだ。それが聞こえたのか、その二人からは離れて権田たちの近くにいた男が異変に気付いて、女を追って走り出した。叫んだもう一人も一緒に駆け出していく。

「あれは——木暮東の女子マネージャーやな」

「あの走り出した子ですか」

「じゃなくて、後から追っかけていった方の子や」

谷口は暫くの間、目で追っていたが、やがて鍋島の方に向き直ると、少し笑った。

「まあ、なんか緊急事態みたいやが、お陰で邪魔はおらんようになった」

鍋島は頷いて、冷気で鼻の奥が痛くならないようにゆっくりと息を吸い込むと、口から長くそれを吐いた。

そしてゆっくりと、盛土の方へ向かって一歩目を踏み出した。谷口がその場で立ったまま見送っているのが気配でわかったが、その方がありがたかった。

だんだんと、二人の姿がくっきりとしてきた。柵から何か取り外して、近くに置いた籠に入れている。それが終わると、周囲に散らばっているボールを拾い集めて、籠に投げ入れ始めた。

あいつらは、声を掛けても俺が誰かわからんだろうな——。

鍋島自身は何度か木暮東の試合に審判委員として参加したことがある。球審としても何度かジャッジしたが、権田が先発で投げた試合はあれが初めてだった。大学野球のリーグ戦なら、加盟校のＯＢが審判委員を務めるのが普通だが、高校野球の地方大会に参加する選手にとっては、審判の顔と名前は一致していないだろう。

あいつらにとって一生に一度の試合に、こちらは同じ気持ちで参加しているつもりでも、選手たちの思いとはその濃さに差があるのかもしれない。選手たちも、俺たちを個人としてではなく、「審判」として、参加者ではなく背景の一部として捉えているだろう。グラウンドの中にいるたった４人の大人だからこそ、教育者として支えてやるべき立場だからこそ、その温度差が生まれるのは必然なのかもしれない。

寂しい話だ——鍋島はぼんやりとそんなことを考えた。

牛島の方が歩み寄る鍋島に気付いた。黙ってこちらを見返している。表情は読みとれないが、こちらが誰なのか、目を凝らしているように見える。

やがて、権田も鍋島に気付いた。

「権田君、——俺が誰かわかるか」

ほんの数メートルの距離まで近づいて、鍋島は立ち止まった。呼びかけた声は白い息になって消えた。権田に届いたようには見えなかった。

「久しぶりだな。審判委員の——」

「——鍋島さん！」

言いかけたのを遮って、牛島が声を上げた。

「球審の——鍋島さんでしょう？」

権田の方もじっとこちらを見ていた。頭の中でダウンジャケットをはぎ取って、審判委員の服を着せて、漸く合点がいったようだ。視線に納得が見えたが、同時になんでこの男がここにいるんだという、戸惑いの色があった。

鍋島は牛島に一旦頷いてから、権田に向き直った。

「突然すまない。谷口さんに、君にはここでしか会えないと教えてもらった」

権田は言葉を発するべきかどうか、迷っているようだった。長い沈黙の後、口を開いた。

「俺に——何か用ですか」

鍋島は頷いて、ひと呼吸置いた。

「決勝戦の退場処分は、俺の間違いだった。——それを、謝りに来た」

権田は静かな目で、こちらを見返している。

「俺はあの日、君の投球を危険球として、退場処分にした。しかし、君のあの投球は、故意に打者を狙ったものではない。実は、それはわかっていた。わかっていたのに、俺は自分の中の感情に押されて、正しい判断ができなかった。もっと正確に言えば、君の言動に腹が立って、その勢いのままに判定を下したんだ——その時点で、俺は審判委員として失格だった」

鍋島は権田の目を見つめ返した。相変わらず静かな目をしていた。人気のない山奥にある池のように、ただそこにあるものを映しているだけ——だが何の感情も込めない冷たい視線かと言えば、それは少し違う気がした。空間に彼の体温が伝わって、肌を刺すような冷気が少しずつ和らいでいるように感じられるのは、錯覚だろうか。

「君に会って、まずそれを直接謝りたかった。俺の審判委員としての未熟さが生んだ誤審だ。君はあの試合、あのまま投球を続けることができたはずだった。――すまなかった」

鍋島は頭を下げた。

権田は静かな目のまま暫く黙っていたが、やがてぽつりと言葉を洩らした。

「別に――一つの判定ですから、気にしてません」

鍋島が顔を上げると、牛島が驚いたような表情で権田を見ていた。

「自分の判定をどう評価しはるか、それは鍋島さんの問題です。あそこでシュート回転する球しか投げられへんのは、俺が未熟やからです。判定は関係ない」

「君は――あの判定を不服に思っていないのか」

「判定より、あの時は仁科に腹が立ちました。あれぐらい避けろや――そう思いました」

権田は視線をそらした。

「けど、そもそもは俺のミスやから」

短いやり取りだったが、鍋島はある種の衝撃を受けていた。

権田は、物事のすべての原因を自分に帰して捉えている。他人のせいにしない――いや、そではなく他人を信用しない、その存在や自分への関わりをも認めようとしていない。それらを拒絶して、自分の内面だけを見つめている。あんな球、避けられるでしょ――怒りの滲んだその言葉の方が、まだ温かみが感じられる気がする。

「君は退場処分の後、世間からずいぶん叩かれた。仁科君に対して謝罪しろと強く求められたが応じずに、甲子園のメンバーからも外された。悔しくなかったのか」

「言葉で謝って、それで何になるんですか」

権田はちらっと牛島を見てから、再び鍋島に視線を戻した。

「言葉なんて、上っ面を飾るだけで意味ないんや」

鍋島は、自分が夏の西京極にいるのを感じていた。

あの試合はまだ続いている。

何が権田を頑《かたく》なにさせているのか、それはわからない。だが、今自分は、あの時感じる余裕のなかった権田の内面に、ほんの少し触れることができた。

このまま進んでいくことが、権田のためになるのか——自分には、そうは思えない。一人で、誰にも頼らずすべてを切り開いていくことはできない。人間はそこまで強くない。いや、と言うより、人間は一人で生きているのではない。

俺は未熟な審判委員でしかない。だが、審判委員だからこそ、試合を最後まで見届けて、ケリをつける責任がある。この子たちを導くことはできないにしても、精一杯、思うところを伝えるのが義務だ。

そして、権田はまだ、あのマウンドに立っているのだ。

「君と落ち着いて話をしたのは、初めてだな」

鍋島がゆっくりと口を開くと、権田はハッとしたように、また視線をそらした。

「余計なことを喋りました。——もういいですか」

「俺の話はこれからだ」

鍋島は、ダウンジャケットのファスナーを下ろした。

「これ、着るか。汗が冷えるといかん」

「あ、大丈夫です。上着あります」

牛島が慌てた様子で、止めてある自転車の方へ走り寄ると、荷台に突っ込んであったスタジアムジャンパーを取り出して、一つを権田の方へ投げた。権田は鍋島から視線を外さずに、それを受け取る。

「これからって、もう謝らはったじゃないですか」

「ああ。だが、別に言いたいことがある」

権田は、牛島が放って寄越したスタジアムジャンパーを、袖を通さずに羽織った。あなたと長い時間を共にするつもりはない、とその仕草が言っていた。

「今、君は自分が未熟なだけだから、判定は気にしないと言った。――それは本当に？」

権田は黙っている。質問の意味を測りかねているようだった。

「それとも嘘か」

「どういう意味ですか。――もちろん本心や」

「だろう。俺もそう思う。君の心の底はわからないが、君が本心から自分の未熟さを恥じているのはわかった。そして、その未熟だという事実の前では、俺の判定など問題じゃないんだと考えている、その気持ちもよくわかった」

権田は問いかけるような、挑戦的にも見える視線で鍋島を見ている。

「――そして、俺がそう感じることができたのは、君が話してくれたからだ。君の言葉があったから、俺は君の気持ちをほんの少し、知ることができたんだ」

鍋島を見据えていた権田の視線が、少し揺らいだ。

「君は、言葉は上っ面の飾りで、意味はないと言った。だがそれは違うぞ。確かに、他人《ひと》にものを伝えるというのは大変なことだ。すごく難しくて、上手くいかないことも多い。だが、それは言葉に大きな力があるからだと、俺は思う」

俺は、ついこの間まで俺自身がわかっていなかったことを、偉そうに説教しているだけじゃないのか。俺にそんな資格があるのか。こうやって話すことが、審判委員としての責務を果たすことに、本当になるのか。

「もちろん世の中には、言葉を上っ面の飾りとして使う奴はたくさんいる。そんな奴らは、言葉の力に気付いちゃいないんだ。気付けば、どんどん使うのが怖くなる。だけど一生懸命に相手のことを思えば、言葉を使わなきゃいけない時もある」

声を出したことで、口の中が冷えて乾いていた。だがそれとは裏腹に、少し身体が火照るのを鍋島は感じていた。

「君には君一流の美学があるだろう。それに文句をつけるつもりはない。何が正しいかなんて、俺にもわからない。信じるとおりにやったらいい」

一度言葉を止めて、唇を舐めた。冷えたはずの自分の舌が、まだ温かいのだと気づく。

「でもな、君のことを考えてくれている人は、君が思っているよりたくさんいる。君は一人で戦っているんじゃない。よく思い出してみろ。上っ面の飾りじゃなくて、本当に君のことを思って投げかけられた言葉だってあったはずだ。言葉って、本来はそういうもんだ。簡単に他人を傷付けもするが、力も与えてくれる。それを忘れちゃいけない」

権田は何も言わなかった。一瞬揺れた視線は鍋島に戻ってきたが、睨みつけるような勢いはなく、ぼんやりとこちらを見つめているだけだった。

「言いたいことはそれだけだ。——いや、あと一つあった。今日君に謝罪した内容は、いずれ公式な形で発表する。その上で、誤審の責任を取って、俺は審判委員を辞める」

権田の目に、再び光が——おそらくは驚きの色が——生まれた。ぼんやりした曖昧さは掻き消え、強い光がこちらを見つめ返してきた。

三

鍋島さんはそのまま背を向けて、ゆっくりと遠ざかっていった。

公園の入り口近くで待っていたのは谷口さんだと、敏也は漸く気が付いた。二人は言葉を交わす様子もなく、そのまま俯き加減に歩いて行く。公園の入り口から少し離れたところに、車が止めてあるのが見えた。

至は突っ立ったまま、ぼんやりとした視線を二人の背中に投げている。

それにしても、鍋島さんの印象ががらりと変わった。今までは冗談の通じない堅物のおっさんだと、正直思っていた。あの日の試合でも、判定に少しでも残念そうなそぶりを見せると、あのギョロ目で睨みつけられた。こちらが好青年らしい（そう見えるはずの）爽やかな笑みを向けても、全く反応しないのだ。

とてもやないけど、コミュニケーションが取れる気がせえへんかった。

それが、あの判定が誤審だった、すまなかったと、わざわざ謝りに来はった。それもこの早朝に、こんな場所まで。しかも、責任を取って審判を辞めるという。

今更なんや、という気持ちはもちろんある。あの事件がなかったら、至は俺たちと一緒に甲子園に行ってたし、俺たちももう少し勝てたかもしれない。けど、この間、境風の葉川と話した時にも思ったけど、本質的な問題は至と俺の実力不足であって、たとえ鍋島さんの判定がなかったとしても、あの夏に大した結果は残せなかったやろと、今はそういう気もする。

葉川――。そうや、あいつもさっきまでここにいたんや。

「えらい来客の多い朝やったな」

至に向かってそう声を掛けてみたが、何の答えも返ってこなかった。朝日はもうすっかり顔を出して、霜が降りた枯れ草に柔らかい光を注いでいる。至が羽織ったスタジアムジャンパーの肩の校章の部分が、そこに夜露が残っていたのか、きらきらと輝いて見えた。

「さあ、行こか。腹減ったし」

やはり反応はない。諦めて、自転車の方へ行こうとしたとたん、声がした。

「あん？——なんか言うたか」

「お前、何で俺に付き合ってくれてるんや」

至はまだ鍋島さんが歩いて行った方を見たままの姿勢で、呟くような口調だった。

「さあ、——なんでかな」

「朝も早いし、俺があんまり歓迎してないのも、気付いてたやろ」

視線は下を向いていたが、至は初めてこちらへ身体を向けて、そう言った。

「俺はキャッチャーやから、お前が投げるんやったら、受けなあかんやろ」

「お前はそういうタイプやないはずや」

敏也は苦笑した。

「確かに。——俺もなんでか、ようわからんよ」

「あの境風の奴、名前なんやったかな」

「葉川」

「ああ、——あいつ、お前が呼んだって？」

「仁科のことで、お前に会いたいて言うてきたんや。そやから、会う前にお前のトレーニングを見てからにしてくれって、俺が頼んだ」

「いきなり人のフォームのことをゴチャゴチャ言うとったけど——当たってるよな」

「そうか」

「うん――あのへんの球数《たまかず》になると、下半身が粘れんようになるのが自分でもわかる。それ用のトレーニングをせんとあかんのやろな。鍛え方が足りんのや」

「なあ、至よ」

敏也は両手を組んで、大きく伸びをした。凍えていた空気が朝日に溶かされて、刻々と昼間のそれに変わり始めていた。色彩を取り戻した家々の屋根や、古い壁や、路面もしっとりとして見える。京都の冬の朝は冷たいが、独特の濡れたような風情がある。その中で朝の光が徐々に強さを増していくこの時間帯が、敏也は好きだった。

「西寺が可哀そうやって、お前言うてたよな」

至が怪訝そうに、こちらを見た。

「――あれは、西寺が早くから廃れてしまって、今はもう存在しないからということやろ」

至は暫く黙っていたが、やがて肩に羽織っていたスタジアムジャンパーに袖を通した。

「歴史上は敗者やろ。官寺として存続できんかったわけやから」

「それは、ホンマにそうなんかな」

至の視線を感じながら、敏也はさりげない感じで言った。そのまま自転車の方へ向かう。

「どういう意味や」

「いや、確かに形としては残ってないけど、それだけで敗者で、可哀そうって決めてしまうのはどうも早すぎる気がしてな」

敏也はキャッチャーミットを自分のバッグに仕舞いながら、同時に勿体ぶらないように気を付けながら、ゆっくりと喋った。突然頭に浮かんだことを口に出しているわけではなかった。至と過ごしたこの数か月に少しずつ心の中に蓄積していたものを、今、この切れそうに冷たい朝の空気の中で、言葉にしてみたくなったのだ。

　そんな気になったのは、鍋島さんの話を聞いたからかも知れなかった。

　至は黙っている。

「形としては見えなくても、地下に遺跡として眠ってるわけやし、実際このあたりでは土地開発なんか自由にでけへんのやろ。今の時代にも結構大きな影響を与えてるわけや。現に、お前みたいな奴もおる」

「俺？」

「そうや。お前こそ西寺にすごく影響されとるやないか。千年以上経ってるのに、こんな面倒くさい奴をコントロールするなんて、半端ないパワーや」

「……」

「俺は東寺の境内で遊んで育ったからな。今でもあそこへ行くと落ち着くよ。そういう意味では、俺も東寺に影響されとるわな。――けど、お前はそれ以上に、何て言うか、それ以上の何かを西寺から吸収してるように感じる。すごい影響力やぞ、これは」

　敏也は一旦言葉を切って、至の目を覗き込んだ。

「だから、仮に――仮にやぞ、東寺と西寺が後世の人間への影響力で勝負をしてるとしたら、決着はついてないように思うんや」

「変なこと考えとるな」

「お前に言われたくないよ。――今の参拝客とか、観光客の数ではもちろん勝負にならんけど、もしもやな、将来西寺の遺跡が発掘されて、伽藍が再建されてみい。ついでに羅城門も再建されて平安京の玄関口が揃ったら、観光客でも東寺と甲乙つけられんようになるぞ」

至はちょっと呆れたような表情で、自分の自転車の方へ歩き出した。

「だから、――結局何が言いたいんや」

敏也は至から目を離さずに、ボールを入れた籠を荷台に括りつける動きを見つめた。

「――つまりやな、勝負にゴールなんてあるんかいな、ということや」

至は何も言わず、目も合わせない。

「お前、結果を決めるのは運やから気にしない、進路が決まらなくても、自分が廃れてもかまへんとか言うとったやろ。やるべきは自分を鍛えることだけやって。それを聞いて思った。――お前の言う結果って、そもそも何や。何をもって、結果が出たことになるんや」

至の手が止まった。

「例えば、俺らは甲子園で負けた。それはまあ一つの結果かもしれんけど、俺は大学で野球を続ける。だから、甲子園で負けたんは野球を続けていく過程で起こった事件みたいなもんで、結果とは呼びたくない。それですべてが決まるわけやない。勝負は続いていく」

「それはそうやけど、例えば高校で野球をやめる奴にとっては、最終的な結果やろ」

「でも、そいつかて甲子園で負けて人生終わるわけやないやろ。その次に向かって、それが何かわからんけど、進んでいく。また別の勝負が始まるんや。もっと長いスパンで考えたら、結果なんてまだどこにも出てない」

至がこちらを見た。

「至、よう考えろ。俺が言うてることは、お前が言うてたこととほとんど同じやと思うぞ。その時々の結果――いや、外見というか、起こったことに捉われたらアカンのやろ。その通りや。次に向かって進んでいくだけや。夏の事件があって、お前はメンバーから外された。バッシングも受けた。そやけど、お前のやってる野球そのものについては、まだ何の結果も出てへんのや。当たり前やわな。西寺の千年以上の歴史の結果もまだ出てへんのに、一高校生に結果なんて簡単に出るかいな。だから」

敏也は大きく、冷たい空気を吸い込んだ。

「『野球できるとこなんて、あるわけない』――お前そう言うたけどな、まだそんなふうに結論づけたらアカンと思うぞ。それこそ結果に捉われてることにならへんか？　一人で格好つけんと、もっと他の仲間に助けてもらうとか、やり方を探したらええやないか」

ずいぶん長い間、至は同じ姿勢のまま立っていた。敏也はそれでも、至の反応を待った。今の自分の胸のうちを理解するのはなかなか難しかった。以前の自分なら、相手が誰であっても（至であればなおのこと）こんなふうに話すことはなかったろう。何週間か前から、敏也は自分が自分でないような、自らに対しておいおい、お前どこへ行くんだと声をかけたいような、妙な気分になっていた。

あの西京極の夏が終わってから、初めて至と向き合ったように思う。彼のことを少し知って、そのインパクトが自分に影響を与えたのは間違いあるまい。いまいましい気もするが、事実だから認めざるを得ない。

それに至が、俺の駄目さ加減を教えてくれたわけやから、俺も至が如何《いか》にアホか、教えてやらな不公平やろ。鍋島さんの言う通りや。至のことを考えてくれてる人はいっぱいいる。鍋島さんはもちろん、谷口さん、倉野も、——ひょっとしたら俺も。

今のあいつは、そういう人に対して失礼すぎるんや。

至はぷいと顔を背けると、荷台の籠がずり落ちないか確かめてから、自転車のスタンドを蹴り上げた。

「——いかにもお前らしい、調子のええ考え方やな」

こちらを見ずに、くぐもった声を漏らす。

「まあ、物は言いようというか、そんなふうに感じるかもしれんけど」

「お気楽な説教や」

「説教やない。俺はそんなお人好しとちゃうわい」

至は自転車に跨《またが》ると、空を見上げて大きく息を吐いた。

「さっきの質問な、朝練に付き合ったのは、お前が如何にアホか見極めたかったからや」

それでも至は反応せず、ペダルを踏み込んだ。籠は重いはずだが、自転車はよろめかずに走り出す。徐々にスピードが上がり、みるみる至の背中が小さくなる。

「――そやけど、今は俺も、まずはそのアホになりたいと思てるんや」

敏也がそう呟いた時、遠ざかる至が立ち漕ぎになった。公園を出た自転車は九条通りの方へ向から角を曲がり、見えなくなった。

四

衣笠山をうっすらと覆う雪は、抹茶ケーキに振りかけた粉砂糖を連想させた。この前来た時に、涼馬がここの雪景色がきれいだと言っていたのを思い出した。時計台のある建物の背景に、形の良い稜線がくっきりと、意外に近く見える。目を凝らせば木々の一本一本まで識別できそうで、そこに微かに、音もなく降り続く雪が、緑を隠しきらない程度に化粧を施している。木によって白と緑の濃淡に差はあるが、山全体としてはそれが程よいグラデーションになって、一つの風景画のようだった。

信二はそれをしばらく眺めてから、視線を大学の正門の方へ向けた。

まだ涼馬は来ない。

頭の中に、昨日の奈津子の声が生々しく残っている。いや、深く刻み込まれてしまったというべきか。時が経っても消えることはないだろう。

あの時――。

上月さん、と叫ぶ声が聞こえて振り向くと、遠ざかる奈津子の後ろ姿と、続いて駆け出す梨花が目に入った。信二は弾かれたように二人を追った。何が起こったのかわからなかったが、躊躇わずダッシュした。すぐに梨花を追い抜いた。奈津子は公園を出て、九条通りとは逆の方向へ細い裏通りを走っていく。どうやらどこかへ向かうというより、ただ闇雲に駆けているようだった。信二は公園の出口から10mほどのところで追いついた。

「どうしたんです」

腕を摑んで、そう聞いた。奈津子は答えない。肩を上下させながら俯いている。と、小さな水滴がぽとりと零《こぼ》れるのが見えた。暫くしてそれが奈津子の涙だと気が付いて、信二は驚くと同時に、激しく動揺した。

やがて信二を見た奈津子の頰は、やはり涙で濡れていた。告白すれば、この時信二は腕を摑んだまま、彼女の肩を抱き寄せたい気持ちと必死に戦った。やがて梨花が追い付いてきて、奈津子の姿にびっくりして立ち竦んだので、信二はその気持ちに勝利することができた。

「――あたしは」

長い長い間があって、漸く奈津子は口を開いた。彼女の腕が、コートの上からでもひどく細く感じられた。涙は、とめどなく溢れるという状態ではなかったが、まだ止まってはいなかった。そこにいるのは先輩である大人の女性ではなく、泣きじゃくる一人の少女でしかなくて、今までの颯爽とした姿を忘れてしまうほどに、小さく、弱々しかった。

「ごめんなさい」

奈津子は信二を見ていた視線を梨花の方へ向けて、そう言った。それから梨花の方に真っ直ぐに向き直り、腕から信二の手をそっと外した。足を引きずるようにして彼女に歩み寄ると、項垂《うなだ》れるように頭を下げた。

「あたし、謝らなきゃいけない——権田くんに。梨花ちゃんにも」

立ち竦んでいた梨花は、固まったまま奈津子と信二を交互に見た。何のことか全くわからない様子だった。

信二は今、改めて自らの無力さを思う。

あのあと、自分は奈津子の唇が動くのにつれて、景色がまるでだまし絵のように変化していくのを、ただ見つめていることしかできなかった。何か言葉をかけなければと、頭の片隅では考えた。だが一方で、残りの脳細胞のすべてが役割を放棄してしまっていた。

大切に思い、守りたかったものが壊れていく。壊れないでくれ——そう思っても、自分にそれを止める力はない。それどころか、壊れても仕方がないと思えてしまう。裏切られたとわかっているのに、見守りたい——そうせずにはいられない、矛盾した感覚。大きな疲労感のようなものが両肩にのしかかって、身体を動かすことすらできなかったのだ。

「どうした、ぼんやりして」

はっと我に返ると、いつの間に来たのか、すぐ目の前に涼馬が立っていた。

「お、来てたんか」

「呼び出しといて、それはないやろ」

涼馬はダウンジャケットのポケットから両掌を出して、息を吹きかけた。

信二はまた視線を衣笠山に戻して、少し前とはまた微妙に表情を変えた雪化粧を眺めた。

「お前の言うてた通り、綺麗やな」

視界の端で、涼馬がちらりとその方向を見てから、すぐに自分の足元に視線を落とすのがわかった。

「衣笠球場の跡地で待ってるって、なんか意味あるんか」

涼馬はさして興味があるわけでもなさそうに、そう問いかけた。信二は一瞬どう反応しようか迷ったが、結局思った通りをそのまま伝えることにした。不器用な自分にはそれ以外に方法がない。そもそも、こうして涼馬を呼び出すこと自体、今までにないほどの思い切った行動なのだ。

あれこれ伝え方を考える余裕はなかった。

「お前、野球やめるつもりやろ」

涼馬はちょっと意表を突かれたように顔を上げたが、黙って両手をダウンのポケットに突っ込んだ。

「さあな。――まだ決めてないけど」

「嘘つけ。朝の練習やめてから、お前ボールに触ってへんやないか」

涼馬は衣笠山の方を眺めた。

「放っとけや」

「決めるのはお前や。そやけどな、今のままやったら中途半端――」

「やめてくれ」

涼馬は遮って一瞥してから、信二に完全に背を向けた。

「諦めるなって言うんやろ。そういう励ましっぽい無責任な言い方はまっぴらや」

「そうは言わん」

信二は涼馬から視線を外さなかった。

予想した通りの反応や。がっかりしたのは事実やけど、涼馬だってスーパーマンやなくて、一人の高校生なんや。それが改めて感じられて、安心できた部分もある。

「負けるんやったら、しっかり負けろや。お前、今のままやったら逃げてるだけやぞ。どうするか決めてないとか言うてるうちに、時間が経ってるだけやないか」

涼馬は衣笠山を見たままで、こちらに顔を向けなかった。だが、その背中が強張っているのがわかった。

「この前ここで話した時、お前、衣笠球場のことを言うとったやろ。衣笠球場かてその使命を終えるまでに、やるべきことは全部やったと思うぞ。あの時代に女子プロ野球の試合まで開催してるんや。インフラの整ってない時代やから、場所がここしかなかったのかもしれんけど、僕はそれだけやないと思う。確かに取り壊しの時、万人が拍手するような惜しまれた最期じゃなかったやろ。そやけど最後の最後まで、野球と地元のために頑張ったんや」

信二は一旦言葉を切って、少し息を吐いた。

僕は涼馬の苦しさを感じることはできないけれど、今彼が苦しんでいるのはわかる。

涼馬はこれまでずっと僕の横にいてくれて、僕を安心させてくれる存在だった。だけど、僕は涼馬に何かしてやれたか？　寄り添っているふりをして、励ますふりをして、自分自身の安心を得ていただけだ。

僕は、涼馬を励ますふりをするために存在しているのではない。しっかり自分の足で立ちたいし、立たないといけない。そうできなければ、涼馬を励ますことなどできない。今まで横にいてくれた涼馬に、感謝することすらできない。そんなのは嫌だ。

「負けるにしても、向き合って、全部手段を尽くして納得して、しっかり負ける。次に進むんはそれからや。お前にはピッチャーとしての道もあるやないか」

涼馬は背中を見せたまま、動かずにいた。音もなく降り続く雪が、さっきより強くなったようだ。衣笠山のグラデーションは白が勢いを増していた。

「信二」

答えずに、背中を見続けた。

「それ、負け方の極意か」

「――極意なんて知らんけど、今までずっと負けっぱなしやからな。ああすればよかったとか、こうすればよかったとか、後悔は山ほどしてる」

いつの間にか涼馬の肩にも雪が積もって、ダウンジャケットの紺色が消えかけている。見慣れた涼馬の姿が、次第に霞んでいくような気がした。

　実力がかけ離れている相手に向かって、ずいぶんと生意気な口をきいたもんや――素直にそう思った。涼馬にしてみれば、補欠の僕からこんな指南を受けるのは屈辱かも知れない。これで関係がギクシャクして、涼馬は僕から離れていくかもしれない。

　彼は、もともと僕の近くにいる必要などないのだから。

　それでもいい、と思った。僕なりに一生懸命考えた。涼馬に何と言えば一番いいか、必死で悩んだ結果だ。これまでの涼馬に対する、精一杯の感謝でもある。

「信二、お前――なんかあったんか」

「権田に会った」

　涼馬は振り向いた。

「あれはビーンボールやないって、言うてたやろ。故意なのかどうか、奈津子さんが本人に確かめようって言い出してな」

「奈津子が」

「あの人、一直線やから。お前のことで、頭がいっぱいなんや」

　涼馬は下を向いて、ゆるゆると首を振った。微かだが、苦笑したようだった。唇の端に傷があって、かさぶたになっている。朝練をやっていた頃、自分の不甲斐なさに彼が何度も同じ箇所を嚙みしめていたことを思い出した。

「権田は練習してたよ。インコーナーのボールがシュート回転しないようにって、ガンガン投げ込んでた」

「そうか」

顔を上げたので、今度ははっきりと彼の笑みが目に入った。久しぶりに見た、ほっとしたような、皮肉っぽさのない笑顔だった。

「ただな」

信二はまた迷った。だが、これもそのまま話すことしかできなかった。

「あいつにちゃんとアドバイスする人、いるんかな。キャッチャーの牛島が練習相手やったけど……。なんか自分を責めてるみたいな練習やった」

「自分を責める……?」

「うん。妥協しないというか、自分を許さない、みたいな。けど、人間100%なんて無理やんか。必ずミスはあるし、失敗してもそれにどう対応するか考えればいいのに、あいつの場合、それも認めない感じやった」

「……」

「あくまで僕の受けた印象やけど、権田はお前にぶつけてしもた自分が許せへんのや——そやから、お前がもしここで野球をやめたら、あいつたぶん」

信二は言葉を切って、涼馬の目を真っ直ぐに見た。

「立ち直れへんと思う」

涼馬から表情が消えた。

「まさか」

「だから僕の感覚や。実際はわからへん――けど、そう思う。権田って、あんな横柄な感じやから図太い奴やと思ってたけど、今回会って少しイメージ変わったな。ホンマはむっちゃ繊細なんや、きっと。それを隠したいから、硬い殻をかぶって、あんまり周囲と打ち解けへんのとちゃうか」

涼馬は黙って下を向いて、何か必死に考えている様子だった。もう、あまり言葉をかけるべきではないような気がした。一つのことを除いて。

信二は肩と頭の上の雪を払い落として、努めて明るい声を出した。

「今日は突然すまんかった。なんか大雪になってきたし、もう帰るわ。それとな」

顔色を窺《うかが》ったが、涼馬は硬い表情のまま視線を落としている。

信二は考える――「一つのこと」は、全然次元は違うけど、僕にとっては涼馬を呼び出したのと同じくらいに思い切った一言になる。出血するのを承知で、かさぶたを無理に引っぺがすみたいな感じ。僕のことだ、言った後からまたうじうじと後悔するかもしれない。でもチャンスはもう、今しかないかもしれないから。

「余計なお世話やろけど、――奈津子さんに会うてやれよ」

言ってしまって、却って楽になった。これは、自分の中で区切りをつけるための一言だった。口に出してようやく気が付いた。どのみちあの人は僕の方を見てくれはしないのだ。取り返しがつかないと考える方がおかしい。

「奈津子さん、お前のデッドボールを見て悔し涙をこぼしてたぞ」

西京極のスタンドで、彼女の眼は潤んでいた。それが仁科涼馬を思うが故の涙であったと、今の僕は知っている。

だが聞こえているのかいないのか、涼馬は顔を上げない。

しゃあないか――信二はいろいろなことを諦めて、視線を上げた。雪化粧が厚くなった衣笠山がこちらを見下ろしている。

信二の脳裏に再び、駆け出して遠ざかっていく奈津子の後ろ姿が浮かんだ。彼女の細い腕と、項垂れた泣き顔と、震える声が思い出された。

――それに、僕にはできないけれど、涼馬なら今の彼女を救えるかもしれない。

そんなことがあるはずもないのだが、何故かその時、山が微かに頷いたように見えた。

五

「一月五日、朝九時。新年の西京極や。ええな？」

相変わらずの声が響いてくる。固定電話の受話器と違って、スマートフォンは耳にぴったりと当てるのが難しい。谷口の声は周りの部下たちにも届くだろう。鍋島は営業フロアにある自席から立ち上がって、すぐ後ろにある部長室のドアを開けた。

「いったい何の話です?」

「夏の続きや。権田が仁科に投げる」

意味がわからない。

「権田が、西京極のマウンドで、もう一度、境風の仁科に対して投げるんや」

谷口はゆっくりと、噛んで含めるような調子で繰り返した。

——あの決勝戦の再現だと? 鍋島は混乱した。

「試合ですか?」

「いや、二人だけや。キャッチャーは牛島がやる。で、球審はお前な」

「私?」

「権田のリクエストでな。鍋島さんにジャッジしてほしいって言うとった」

「ちょっと待ってください。何がどうなっているのか……。権田がそう言ってきたんですか」

暫く間があった。

「突然、権田がワシに電話してきたんや。もう一度仁科と勝負するから、見に来てくれってな。ただ、話の全体を仕切ったのは牛島と、あと境風の何とかちゅう奴——ちょっと名前忘れた——そいつらしい」

鍋島はあの日の権田の目を思い出していた。

あの時、確かに自分は権田がまだあの夏のマウンドに立っていると感じた。あれは、ひたすら一つのことに取り組んでいるように見えて、実は区切りをつけることができず、自分がどこへ向かっているのかさえ分からずに、ユニフォームのまま彷徨《さまよ》っている姿だった。

「どっちがどう動いてこうなったのか、経緯はようわからん。けどな、権田も牛島も夏の宿題は放ったらかしやった。ひょっとしたら、仁科もそうやったのかもしれん。あいつらなりに区切りをつけようとしとるんやと思う。審判委員としては、見届けるのが責任やろ」

その通りだ。

「――わかりました。やりましょう」

「あの試合は、お前が担任やからな」

「確かに。彼らのお陰で、審判委員としての最後の舞台を用意してもらったみたいですね」

谷口は何も言わず、一つ咳払いをした。

「この間、西寺公園で権田君に会った時には、正直こんな展開は予想していませんでした」

「まあ、あいつらは若い。毎日成長しとるから」

鍋島は小さく息を吐いて、谷口には見えないなと思いながら、無言で頷いた。

「権田君は、少し私に似ているような気がします」

「そうか」

「はい。頑固で、思い込みの強いところが」

「独りよがりで、あまり周りの言うことを聞かずに突っ走るところ――って、言うた方がええやろ」

鍋島は笑った。

「でも私の若い頃より、彼は遥かに大人かもしれません」

「どやろな。人それぞれや。ある部分は大人っぽく見えても、別の面ではびっくりするくらい子供やったりする。ワシもお前も、今でも子供みたいなところあるしな」

「そうですね」

鍋島は練習のあと谷口に引っ張り出され、遊びまわった学生時代を思い出していた。そう言われてみれば、外見を除けば谷口も自分も、あの頃からほとんど変わっていないような気がしてくる。

「ワシはそれを、誇らしく思うとる」

「谷口さん」

鍋島は声を改めた。

「今回、権田君に会わせてくださっただけじゃなくて、いろいろな意味でお世話になりました。権田君も、牛島君も、谷口さんのお陰ですごく勉強をさせてもらっているような気がします。彼らも、私も、いい先輩を持ちました」

「つまらんことを言うな。ワシはなんもしとらん」

「正直な気持ちです。審判委員は、どこまでも関わった子らを見守ってやるべし。いつも、そう仰ってましたよね」

「あいつらに勉強をさせとる奴がおるとしたら、……」

谷口は口籠って、小さく笑った。

「あえて言えば、それは京都という街かもしれんな」

鍋島は暫し目を閉じた。確かに、そうかもしれない。

「――ほな、頼んだぞ」

電話は切れた。

鍋島はスマートフォンを見詰めたまま立ち尽くしていた。

谷口への言葉は本心だった。権田に何があったか、それはよくわからない。だが、自分の内側しか見ていなかった彼が、何かに影響されて、外に向かって一歩を踏み出そうとしているように感じる。

しかもこの俺に球審をやれと言ってきた。

あの時話したことも、何らかの影響を与えたのだろうか。いや、そんな楽観はするまい。俺は一生懸命思うところを話したが、そんなことで彼の心を解きほぐせるとは思えない。

言葉を手がかりにして、相手の気持ちを一生懸命考える。それが大事だ。

芳江の顔が浮かんできた。彼女の言うように権田がこちらの言葉を受け止めて、必死で考えてくれているのであれば、彼の一歩に、自分が少しでも役立っているのであれば、こんなに嬉しいことはないのだが。

鍋島はふと思い立って、手にしたままのスマートフォンの画面をタップした。

ついこの間登録したばかりの番号が現れる。少し震える指先で、初めてその番号に触れた。暫くコール音が続く間、自分の胸の鼓動が聞こえた。

「もしもし」

「――俺だ」

「びっくりさせるなよ。何かあった？」

息子と携帯で話すのは初めてかもしれない。だが健輔の声は自然で、構えたところは少しもなかった。鍋島は緊張していた自分が可笑しかった。

「いや――足の具合はどうだ」

「だいぶんいいよ、まだ松葉杖だけど」

健輔はぶっきらぼうに返してくる。子ども扱いするな、と言いたげな調子だった。

「骨折だから、あんまり焦るな。稽古はやれてるのか」

「今度の舞台で、セリフがもらえたんだ」

声のトーンが少し変わった。

「そりゃよかったな。それは――すごいことなんだろ」

小さく笑い声が聞こえた。

「まあね。長くはないけど、立ったままで叫ぶように喋る。正直ちょっと緊張してるけど、やっと巡ってきたチャンスだし、絶対モノにして、これまで真面目にやってきたってことを証明してみせる」

「立つのは、大丈夫なのか」

「歩き回るのは無理だけど、立ってるだけなら大丈夫さ。――勝負だからね。痛いなんて言ってられない」

健輔の弾むような声を聞いたのはいつ以来だろうか。無理をするなという言葉を、鍋島は呑み込んだ。

「勝負か」

「そう。小さなチャンスだけど、俺にとっては大きな勝負なんだ」

小さいけれど、大勝負――。

「こっちも、ちょっと大事な試合の審判をやることになりそうだ」

「そうなの？　冬なのに野球の試合なんてあるんだ」

「来年早々にな。久しぶりだから、俺も緊張してる」

今度ははっきりした笑い声が聞こえた。

「親父が審判で緊張するなんて、信じられない」

「大きな大会じゃないが、すごく大事なジャッジになると思う」

「親父も、勝負するんだな」

「なあ、健輔」

鍋島は気になっていたことを、訊いてみることにした。

「この間病院で、夏の危険球の判定が俺らしいジャッジだって、言ってただろう」

「そうだっけ」

「あれは、どういう意味なんだ」

健輔は黙った。暫くの間、沈黙が流れる。

「今は、少し違う答えになると思うけどね」

「……」

「あの判定の記事を読んだ時、また親父は突っ走ってるな、と思ったんだ。親父なりに選手のことを第一に考えた結果だろうとは思った。でもそれは、多分親父だけが一直線に進んでいくような判断なんだろうな、って」

健輔の口調には躊躇《ためら》いがあった。

「独りよがりってことか」

「いや、そういうわけじゃなくて——紙一重だけど、違うんだ。上手く言えないな——親父の情熱は、何て言うかな、勢いがあり過ぎるんだよ。周囲がついていくのが大変なくらい。だから高校野球の危険球退場なんてびっくりするような判定でも、親父ならやるだろうなって思った」

「——勢いがあり過ぎる、か」

鍋島は苦笑するしかなかった。言われてみれば、何となくわかる気がする。

「夏の頃まではね、そう思ってた。子供の頃から刷り込まれてきたから」

「今なら、答えは違うのか」

「参ったな。これ、何の電話なんだよ」

健輔は面倒くさそうだったが、その声色には笑みが混じっている。

「相変わらず突っ走ってるけど、時々は振り返ってくれるって感じかな」

「そうか」

「もういいだろ。稽古で忙しいんだ、切るよ」

「健輔」

「なんだよ」

「――頑張れ」

一瞬、間があった。

「ああ、親父もな」

柔らかい電子音がして、息子の声が途切れた。

思い切ってかけて良かったなと、素直に思えた。これからもぶつかったり、言い合ったり、いろいろあるだろうが、とにかく躊躇わず話をしよう。投げかける言葉を選びながら、受け止める言葉の意味を一生懸命考えながら。

電話が切れたあとも、鍋島は暫くの間スマートフォンを握りしめて、その温まった感触を楽しんでいた。

六

妙な展開になった。全く先のことはわからない。

敏也は九条通りに突き当たると、少し歩幅を小さくしただけでスピードを緩めず左折して、お堀沿いに東へ向かう。午後十時を回っているが、まだ車は多く周囲は明るい。ただ歩道を歩く人はさすがに少なくなっていた。南大門の前を一直線に走る。空気は冷たく耳の先が痛いが、防寒ウエアの中の身体は汗ばみ始めていて、風が正面から当たってくるのが気持ちよかった。ランニングシューズのつま先でアスファルトを蹴る時、ふくらはぎ、膝、太ももに心地よい刺激が伝わってくる。この直線はほぼダッシュと言っていい走り方になるが、呼吸は一定のリズムを刻んで乱れない。

この門のところで、初めて葉川と上月さんに会うたんやったな。

葉川から電話がかかってきたのは、西寺公園での一件から一週間くらい過ぎた頃だったろうか。登録したばかりの名前が画面に表示されるのを見て、ああ来たか、と思った。連絡が来ることについては、ある程度の予感があったのだ。だがその内容は、全く予想していないものだった。

「仁科が、もう一度勝負したいと言うとる。権田に、投げてくれって頼んでくれへんか」

葉川はそう言ったのだ。

どっちかと言えば、やり直したいと頭を下げて頼まなあかんのは至の方やろ。しかも理由はどうあれ、危険球と判定された行為について、あいつは結局その後も謝ってない。ところがその仁科の方が、もう一度勝負したいと言っていると——。

仁科には、どこか凄みを感じる。試合中も礼儀正しくてエキサイトしないし、成績もいいらしいし、京都の高校野球部員の中では頭一つ抜けている感じや。振る舞い一つ一つを見ても、ええ奴なんやろなと思わせる雰囲気がある。対戦相手の俺らでも、うっかりすると憧れてしまうところがある。

「仁科はもう、大丈夫なんか」

「いや、それは――ようわからん」

「なんやて？」

「ケガの後遺症ちゅう意味では、完全には治ってないと思う。けど、本人はやれるって」

「お前、仁科は打席に立てなくなってるって言うてたやろ」

「打席には立てる……まあ、一応立てるようになったんや、それは心配ない。――とにかく、権田に言うてみてくれ」

葉川の声には、迷っているような言葉とは裏腹に有無を言わせない響きがあった。

敏也は勘ぐるべきでないと感じた――仁科の真意はわからへんけど、この申し出はいろいろと深く考えた結果で、しっかりした意図があるんやろ。

葉川からは、西寺公園で結局権田とちゃんと話せなかったから、もう一度機会を作れとか、来るとすればそういう類の連絡だろうと思っていた。その予想は見事に外れた。

だが、妙な展開ではあるが、申し出自体は敏也にとっても前向きに受け止められるものだった。もう一度仁科と対峙できれば、あれだけの余波が生まれ、こじれて乱れた二人の勝負に区切りをつけられる――納得のいく決着をつけるチャンスが生まれる。至も、頑なに自分だけを責める負のスパイラルから抜け出すきっかけを得られるかもしれない。

俺自身も、もうちっと気分を晴らしてから進学できる。大学の春のキャンプまで、こんな気持ち引きずってられへんからな。

九条大宮の交差点で、東寺の塀に沿って左に曲がると、大宮通り沿いにスピードを緩めず北へ向かう。東寺の東門を左手に見るあたりから大宮通りが高架になる。歩道は脇道になり細くなるので、敏也はスピードを緩め、ジョギングのリズムになってそのまま脇道を進み、八条通りを左折して再び西を目指す。

西寺公園に葉川たちが来た日は、別れ際に言い合いのような格好になったが、その翌日からの練習には何も変わったところがなかった。いつものように至は現れ、いつものようにウォームアップして、いつものように投げ込んできた。

葉川から電話のあった次の日もそうだった。至は淡々と同じメニューをこなした。

至のボールを受けながら、敏也は言い出すタイミングを計った。集中している至に声を掛けるのが難しく、結局、夜が明けて練習を切り上げる頃になった。

勿体ぶるのは嫌だったので、さりげない調子で、敏也は葉川の申し出を至に伝えた。

「仁科がもう一回お前と勝負したいて言うとるぞ。どうする？」

至はあっさりと答えたのだ。

「やる」

「――お前、まだ満足いくボールは投げられてへんのやろ」

「まだやけど、断る理由にはならん」

「仁科かて、まだリハビリ中ちゃうんかな」

「それは知らんけど、あいつから言うてくるんやから、大丈夫やろ」

「そうか」

至は暫くこちらを見ていた。

「敏也、受けてくれるよな」

「そりゃまあ、行きがかり上、しゃあないわな」

「あの、境風の奴――なんちゅう名前やったかな。また忘れた」

「葉川や。ええ加減覚えたれ」

「あいつも来るんやろ」

「たぶんな」

至はそのあと、驚いたことにちょっと微笑んだのだ。西寺公園で微笑む至を、敏也は初めて見た。

「俺はまだ全然アカンけど、あいつらがそう言うなら、勝負してみたい」

敏也はジョギングのまま八条通りを西へ進む。右手前方に、うっかりすると見逃しそうな控えめな佇まいで、六孫王神社《ろくそんのうじんじゃ》が見えてくる。清和源氏の発祥とされる由緒ある神社だが、近年は桜の名所として知る人ぞ知る存在だ。玄人受けする穴場と言うべきか。

敏也は鳥居をそのまま潜り抜けて、境内へ入る。ざくざくと豊かな砂利の感触に足の疲れが意識されるが、ジョギングのまま拝殿へ向かう。朱色の欄干のある橋を渡って、小さな神龍池を越える。

　拝殿の前で敏也は立ち止まり、肩で息をしながらポケットを探る。立ち寄るつもりはなかったが、ちょうどこの神社の前へ差し掛かった時に、至とのやり取りを思い出してしまった。

　至はあの時、はっきりとはそう言わなかったが、明らかに嬉しそうだったのだ。

「すんまへん。お賽銭が無いのは俺らしいと思て、勘弁してや」

　そう声に出して柏手を打ち、数秒頭を下げてから、背を向けた。ジョギングで鳥居をくぐり、壬生《みぶ》八条の交差点を渡って再び南へ、九条通りへ向かう。冬の夜風が吹きつけて、汗の滲んだ額に心地よい。少し止まっただけで冷えていた体の表面に、芯の熱さがまた伝わってくる。

「権田に伝えた。やるって言うとる」

　敏也はそのあと、葉川に電話した。

「そうか、よかった。ありがとう」

「別にお前のためにやるわけやない。礼はいらん」

「わかってるよ。手間を取らせたなって意味や」

「お前も来るんやろ」

「行く。あとは場所やけど……」

「大丈夫や。ウチのOB会長で谷口さんていう人がいてはって、世話になってるんで連絡したんや。同じ西京極の舞台を準備したるって言うてはった」

「ほんまか」

「それとな、これは権田の希望やけど、あの時の審判、覚えてるか」

「――審判？」

「球審をやってた鍋島さんや。あの人にも来てもろて、また球審をやってもらう」

「――えらい大きな話になってきたな」

「なんや、ビビっとんのか」

「そうやない。有難い話や」

「そやから、観客もオールスターキャストやないとあかんぞ。俺はウチのマネージャー連れて行くから、お前もあの彼女連れてこい」

「彼女って？」

「とぼけるな。あのえらい美人の女子大生。あれお前の彼女とちゃうんか」

途端に葉川が黙り込んだ。

「なんや、どうした」

「いや――あの人は来えへんと思う」

あ、そうか。あれはひょっとしたら仁科の彼女か。葉川の方は片思いで、気の強い彼女が木暮に乗り込むのに、葉川は騎士《ナイト》よろしくエスコートしてきたわけか――。

このあとのやり取りが良かったのかどうか、今でも敏也にはわからない。ただ急に歯切れが悪くなった葉川に、激しく苛立たしさを感じた。それだけでなく、どこか裏切られたような気持ちにもなったのだ。この時の葉川は、西寺公園で隠れて見てろと言ったのにいきなり飛び出してきたあの葉川とは全く別人だった。

なんや、あの時は偉そうにぺらぺら喋りやがって、あの勢いはどこへ行ったんや。こっち方面はまだアマちゃんかいな。あれはどう見ても葉川の方がゾッコンやろ。

しっかりせんかい。——どうでもええ話やけど。

「お前、なにを遠慮しとんのや」

「遠慮？」

「そや。まあ他人《ひと》の恋路《こいじ》をどうこう言わんけど、やるだけやらんと後悔するぞ」

息を呑むような気配があった。

「それとも、もう玉砕済みか」

「お前には関係ないやろ。——とにかく、場所のセットは頼む。日が決まったら連絡くれ」

電話は一方的に切れた。

イラっとしとったな。事情もわからんのに、ちょっとおせっかいが過ぎたかもしれん。けど、まあしゃあない。軽率さも俺の専売特許や。それに、俺はこのへんの勘は鈍くない。間違ったことは言うてへんやろ。

九条通りへ出て、敏也は再びスピードを上げた。

空を見上げると、京都の空には珍しく星が多いように思えた。右上に見慣れたオリオン座がある。その少し左下にシリウスが白く輝く。

思い通りにやれたと思っても、後から考えたら後悔ばっかりや。小手先でやり過ごして、苦労したつもりになってるだけやったり。その時は勝ったと思っても、少ししたら敗北感しか残ってなかったり。誤魔化し過ぎて、ホンマの自分がわからんようになったり——。

そんな自分にこそ、区切りをつけたかった。今度の至と仁科の対決は、あいつらにとって何かの答えになるんやろか。至みたいにまずは一心にアホになってみようと思たけど、結局まだなれてへんと思う。そんな俺も、何かあいつらに便乗してるだけみたいやけど、それでも一つの区切りをつけられるやろか。

敏也はもう一段ギアを上げた。胸が苦しくなってくる。

俺がまだ子供やちゅうことか。それとも一生こんな感じか。そういうことに目を瞑《つぶ》って、大人はみんな生きてるんかも知れへんな。

第五章　古都の空

一

京都駅の大階段は駅ビル烏丸《からすま》口にある。

中央改札のある大空間というか、巨大な吹き抜けの西側を形作っており、下から見上げるとまるで天空へそのまま続いているように見える。横幅も広く、夜間のイルミネーションでは階段全体が大スクリーンになる。古都の玄関口にある建築物として相応しいかどうか、さまざまな意見があるだろうが、インパクトはある。

そのステップを、上月奈津子は一段ずつ上っていた。

午後の新幹線に乗るつもりで、一旦はチケットを買いかけた。だが思いきれず、キャリーバッグをコインロッカーへ預けてしまった。八条口から烏丸口へぶらぶらと回って、この大階段を見上げた時、急に街全体の景色を眺めたくなった。

奈津子は、迷っていた。

マスコミ研究会の先輩の言葉が思い出される。「上月は自分の感情のままに伝えようとするよな。その『熱』は買うが、もっと事実を事実のまま伝えようとする姿勢も、必要じゃないかな」。言われた時はあまり深く考えなかったが、今はその意味がよく理解できる。

大階段の先、斜め上方に切り取られた暗灰色の空が見えた。奈津子はコートのポケットを探って、折り畳み傘を確かめる。この冷え込みだと、雨よりは雪になるかもしれない。

最初は、生意気な高校生の鼻っ柱をへし折ってやるつもりだった。けれど、自分が『見た』よりも遥かに深いところに、彼らの意識や行動は存在していた。考えてみれば当たり前のことだ。簡単に白黒がつけられる事象はないのに、表面に見えたものだけに動かされた自分が浅はかなだけなのだ。新聞の投書が潮目を変えて、SNSで権田至くんは大炎上した。あの誹謗中傷の嵐も、当然ながら大半が表面に現れた事実しか見ていない。事実は一つかもしれないが、真実は一つではない。それを受け止めるだけの覚悟も持たず、偉そうな態度で感情のままに突っ走ってしまった。

マスコミ志望が聞いてあきれる。こんな単純女、涼馬じゃなくても願い下げよね。

権田くんの早朝練習を見て、それと、隠れていられずに飛び出していった葉川くんを見て、なにか彼らの間に、あたしなんか思いもよらないような絆というか、強い結びつきがあるのを感じた。同じ野球というスポーツに青春を費やす者同士の、息を詰めるような緊張感のある姿に、正直鳥肌が立った。ひょっとしたら梨花ちゃんも、その絆で結ばれた中にいるのかもしれない。

その彼らの気持ちを、自分は踏みつけてしまった。

どうすればいいのかわからない。あたしには、もう二度と彼らに会う資格はないのかもしれない。東京へ退場するべきか。でもこのまま京都を離れたら、自分だけでなく生まれ故郷まで嫌いになってしまうのではという恐怖もある――。

奈津子はスマートフォンを取り出して、ほとんど習慣のようになった指の動きでいつもの画面を呼び出した。

許してくれないと思う。でも、あたしのしでかしたことを正直に言って、ちゃんと謝りたい。そうしなきゃ、友達だった頃の思い出まで壊れてしまうから。

――そして、これを最後にしよう。

暫くその名前を眺めてから、コールのマークに触れた。何度か呼び出し音が続いた後、繋がる気配と同時に柔らかな息遣いが聞こえた。

「もしもし」

涼馬の声は静かだったが、少し呼吸が荒い。

「ごめんね。忙しい?」

「いや、別に」

「練習、始めたの?――よかった」

「うん、素振りをちょっと」

奈津子は切り出そうとして、言葉に詰まった。涼馬の落ち着いた声色《こわいろ》には(恐れていた)うんざりしたような雰囲気は無かったが、そのことが却ってこの三年間の出来事を懐かしい記憶として、一気に脳裏に浮かび上がらせてきた。

2年生になって初めて背番号1をもらったと知った時、たぶん一番に電話をした。去年の夏、予選と甲子園の全試合のスコアをつけて、プレゼントした。試合ごとのフォトアルバム、ピッチング練習の動画も送った。誕生日には、目立たないように合宿所でなく自宅に、手製のケーキを届けた。

でも、グラウンドで会うことはあっても、デートをしたことは一度もない。涼馬はいつも先輩の女子大生に対する態度を崩さず、一定の距離感を保っていた。時間を経て、視線や言葉遣いはそれなりに親しみを込めたものになっていた。だけど、こちらが近づこうとすれば、涼馬はその分遠ざかった。そして、自分からは決して近づいてこようとはしなかった。

「あたし――」

涼馬に謝りたいんじゃなくて、甘えたいから、電話したのかしら。

「どうした？」

「ごめんね、もう邪魔しないから――」

胸の奥が急に熱くなって、ますます何も言えなくなった。思わず空を見上げる。重さを増したような雲から、粉雪が舞い始めていた。

奈津子は階段の途中で広場になっている場所――確か四階で、室町小路広場という――で立ち止まって、暫くの間肩を震わせた。何人かが自分を迂回して通り過ぎていくのがわかったが、動くことができなかった。

「権田に、会いに行ったそうやね」

涼馬の声で、我に返った。

「――どうして知ってるの？」

「この間、信二から聞いた」

「ああ、――」

視線を落とす。舞い落ちた粉雪はすぐには溶けず、風に吹かれてころころと転がっていく。それを目で追いながら、奈津子は重い足取りでまた階段を上り始める。

「――実は、涼馬に言わなきゃいけないことがあって、電話したの」

スマートフォンの向こうは無言だった。

「権田くん、すごい練習をしてたよ」

「うん」

「あんなの、見たことなかった――葉川くんから聞いた？」

「少しな」

粉雪が大粒の雪になった。目の前を通り過ぎてステップに降り注ぐ白い粒の量が増えて、目で追えなくなってきた。奈津子は追うのを諦めて、自分の進む斜め前を見つめる。雪雲に隠れた太陽はまだ高い位置で、空のその部分だけを白く輝かせていた。そこから忽然と現れる無数の白い粒が、一瞬その粒自体の側面を翳らせてから無軌道にぶつかってくる。なにか自分に対する天罰のように思えて、奈津子は唇を噛みしめた。

――もっと降って。もっと強く。

「──俺に言わなきゃいけないことって？」

涼馬の声は穏やかだった。息遣いも普通に戻っている。

「うん──あのね」

奈津子は立ち止まって、目を閉じた。

「夏の予選で、権田くんの危険球退場のことが批判されたけど、ＳＮＳが炎上するきっかけになった新聞の投書、覚えてる？」

「覚えてるよ。野球少年の意見だよね」

「実はあれを出したのは、野球少年じゃないの」

涼馬は無言だった。

「──あたしなの」

思えば不思議だ。ＳＮＳにはあれだけ遍《あまね》く自由に意見が掲示できるのに、一旦流れができてしまった後でそれに抗うのは難しいし、勇気がいる。ところが何かつまらないきっかけで、恐ろしいほど簡単に流れが変わってしまうことがある。

「あの時、あのままでは権田くんを許せないって、そういう考えしか頭になかった。ＳＮＳは全体が木暮東おめでとうみたいな流れになっていて、皆が──球場ではあんなに怒ってた境風の人たちまで、死球はまあしゃあないやんかって、適当に済まそうとしてるみたいになってた。だから高齢の人とか、ＳＮＳに関係ない人も読む新聞に投書すれば、これは冷静になればおかしいじゃないかって、誰か考えてくれるかもしれないと思った。それで、一番採り上げてもらえそうな野球をやってる少年を名乗って、投書したの。でもあんなに騒ぎが大きくなるなんて、思いもしなかった」

奈津子は続く言葉を呑み込んだ。――謝るために電話したはずなのに、これじゃ自己弁護だ。結果は取り返しがつかないのだ。自分が何故そうしたかなんて、誰も興味は無い。

「ごめんなさい。あたし、涼馬や権田くんの思いって、何もわかってない。何もわからずに酷いことをして、――」

最後くらい、ちゃんとしなきゃ。

「すごく恥ずかしい。――ごめんなさい」

立ちつくしながら、奈津子は姿の見えない涼馬と、至と梨花に、そして信二と敏也に向かって頭を下げた。暫くしてから目を開くと、白い粒はもう転がらずに、ステップ全体をうっすらと覆い始めていた。パンプスの先も少しずつ白に染まっていく。再びゆっくりと歩を進めて、階段を上り切ったところにある広場に出た。

目の前が開けて、眼下には瓦屋根の連なる街並みが広がった。空全体は思ったほど暗くはなく、やや薄紫がかった色に染まっている。降りしきる雪はますます勢いを増して、古都の上空を見渡す限り覆っていた。

涼馬はまだ何も言わない。

「これまでもたくさん迷惑をかけて、最後のが一番酷いけど、正直に言いたかったの。聞いてくれてありがとう。――じゃあ、もう切るね。これからもずっと応援してる」

さようなら、と言いかけた時、涼馬の声が聞こえた。

「俺は」

奈津子は言葉を呑み込んで、待った。

「──俺は、信二に『しっかり負けろ』って言われたよ」

よく意味がわからない。

「それじゃ、練習があるから」

少しの間をおいて、涼馬の声が途切れた。


結局チケットは買わず、コインロッカーから出したキャリーバッグを引っ張って実家へ戻った。何日かの間、何もせず部屋に閉じこもって過ごした。

何故そうなったのかわからないが、東京へ帰るのは嫌だ、その気持ちが強くなった。それでは逃げ出すのも同然だ。自分はどうすべきだったのか、これから何をするべきなのか、何もしてはいけないのか──しっかり答えを出さないと、自分は大人になれないような気がする。このまま京都を出たら、もう二度と戻れないような気さえしていた。

奈津子はこの日、ある約束があって、久しぶりに外へ出た。

ゆっくりと八坂神社の石段を上る。朱塗りの西楼門《にしろうもん》をくぐって、そのまま東へ進むと、有名なしだれ桜が見えてくる。一度立ち止まり、背筋を伸ばした。

空は今日も厚い雲に覆われていた。寒さに加えて、ただでさえ沈みがちな気持ちもあって、気を付けないと自分の背がどんどん丸まっていく気がする。

葉を落とした寒そうな枝を背景に、遠目にもそれとわかる人影があった。

高校一年の春、夜桜を観賞しようとここに来たことがある。確かに桜は美しかったが、充満する日本酒の匂いに耐えられなくなった。花見客、新入生を歓迎する大学生、その他もろもろの集団が嬌声《きょうせい》を上げて杯を掲げており、そこら中に置かれた一升瓶と酔っ払いの吐息から漂い出た香りが、一緒くたになって覆いかぶさってきた。酒を知らない高校生には強烈すぎる圧迫感だった。

それ以来、実家のすぐ近くにあるこの名所から足が遠のいた。

今は年の瀬、底冷えの中、さすがに酔客はいない。

「だいぶん待った？」

奈津子は立ち止まって、話しかけた。

「いえ、僕も今来たところです」

葉川信二は微笑んで、ぺこりと頭を下げた。

「しだれ桜の前で待ち合わせなんて、なんか変な感じね」

「そうですか？　ご実家、この近くですよね。気を利かせたつもりなのに」

ああ、そうなんだ。

「近いけど、ここ、あんまり来たことないのよ」

「京都の人は、京都の名所をあまり知りませんもんね」

信二は納得したように頷いてから、改まったように顔を上げた。

「先輩、手短に話します。涼馬は、東城大学へ進学するつもりです」

自分でも、大きく目を見開いたのがわかった。

「東城へ――ほんとに？」

「本当です。昨日話しました。国立の受験はせずに、東城に進むと言ってました。もちろん、野球を続けます。神宮で活躍できるように、頑張ると」

嬉しさと戸惑いが、一度にこみ上げてきた。涼馬と同じキャンパスで同じ空気を吸えるという喜びと、自分にはそれを喜ぶ資格はないと受け止める感情と――。

奈津子はそれらを表に出せず、ただ黙って信二を凝視していた。

「それから、こっちはあまり興味ないかもしれませんが」

信二はちょっと下を向いて、頭を掻いた。暫く足元を見ていたが、やがて思い切ったように視線を合わせてきた。

「僕も東城を受けます。推薦はないから一般入試で。受かるかどうかわかりませんが、挑戦してみます。先生に言わせると五分五分らしいし」

「葉川くんも――涼馬と一緒に」

「いや」

信二は視線を外さないまま、ゆっくりと首を振った。

「正直に言えば、これまでは進学先を決める時、『涼馬が行くから』というのが最大の理由でした。でも、今度は違います。涼馬がいてもいなくても、僕は東城を受験します。僕の意思で、僕が行きたいから、東城を受けるんです」

「どうして、東城を？」

「それは――」

信二はちょっと視線を泳がせたが、すぐに元に戻した。

「それは、理由はいろいろです。一言では言えません。それよりも、もう一つお伝えしたいことがあります」

奈津子は黙ったまま「もう一つ」を待った。

「涼馬は、権田に再戦を申し入れました」

「えっ」

思わず声が出た。信二が顎を引いた。

「もう一度自分に投げてくれと、伝えたんです。権田は受けました」

「でも、涼馬はまだ」

克服できていないのではないか。

「打席に立つ方法はありました。打てるかどうかは、別ですが」

「――大丈夫なの？」

「あいつ信じてるんです。自分がやるべきことは、もう一度権田と向き合うことだって」

「しっかり負ける――ために？」

今度は信二が目を見開いた。

「知ってたんですか」

奈津子は首を振った。

「そうじゃないの。東城の話も、再戦の話も知らなかったけど——」

空はまた少し暗さを増したようだった。雲間からの雫《しずく》はまだ落ちていなかったが、ギリギリのところで辛うじて踏み止まっている。一旦決壊すると、号泣することになるかもしれない。いつまで耐えられるだろうか。

「実は、少し前にあたしから涼馬に電話したの」

奈津子は掌を上に向けて空を見上げた。

「あたしがあの投書の犯人だって、涼馬に伝えたくて」

「犯人だなんて」

奈津子は信二に顔を向けたが、視線は足元に向けた。

西寺公園から逃げ出したあと、心配して追いかけてきてくれた信二と梨花に、自分はこの事実を告げた。それは正直に告白したというより、一人で抱えきれなくなった秘密を共有して、苦しさを和らげてほしかったからだ。今はそれがよくわかる。

あの時、梨花は棒立ちのまま奈津子を見つめていた。その目ははじめ大きく見開かれ、やがて細められて、射るような視線を投げてきた。

『卑怯です』

その声は低かったが、鋭かった。

『上月さんが怒るのは勝手です。でも、はっきり自分の名前で主張しはったらいいのに』

――そうね。その通りだわ。

『上月さんが権田くんに会いたいって言うてきはった時、うち怖かったけど、半分嬉しかったんです。真正面から文句を言わはるんやろなって。権田くんも黙ったままやから、言われても仕方ないなあって――上月さんらしい、妥協しない、ごまかしを許さない態度やなあって、かっこえなあって、半分思ったのに』

話すにつれて梨花の声は震え、やがて涙声になった。

『かっこいいお姉さんやって、思ってたのに』

今もその声はリフレインのように胸の奥で反響して、何度も同じ傷跡に突き刺さる。涙を拭いながら走り去っていった梨花の背中が、瞼の裏にいつまでも残っている。

奈津子は記憶を振り切るように顔を上げたが、信二を見ることはできなかった。

「権田くんへのバッシングの原因を作ったんやから、犯人よ。彼や、涼馬や、葉川くんたちの世界に土足で踏み込んで、梨花ちゃんにも辛い思いをさせた。だから、もう取り返しはつかないんだけど、涼馬にも正直に告げて、謝りたかったの」

信二がそのままの姿勢で動かないのがわかった。

「涼馬は――それには」

「何も言わなかった」

奈津子は漸く信二に視線を向けて、かなり努力して微笑んだ。

「あたしばっかり喋ってた感じ。何か言われたら、情けないけどまた泣きそうやったから。それに、電話はもう最後にするつもりやったし」

「最後？」

「涼馬は黙って聞いてくれた。そして電話を切る前にこう言ったの。俺は信二に『しっかり負けろ』って言われたよ――って」

信二は少し首を傾げるようにして、暫くの間考えていた。奈津子はまた空を見上げた。雲は幾重にも重なったように厚く、さっきより地上との距離が縮まったように見えた。

「じゃあ、最後にする必要はないわけですね」

信二の声に、奈津子は訝しむ視線を向けた。

「でも、涼馬は東城の話も、再戦の話もしてくれなかった。あたしは話す相手に値しないし、彼の眼中にない」

「それは違います」

信二は笑いながら首を振った。

「考えてください。涼馬は、奈津子さんと同じ大学へ進学するんですよ。僕と違って推薦があるから、確実に」

「……」

「僕は知ってますが、東城より条件のいいオファーはいくつもあります。あいつじいちゃん子だから、関西のリーグって選択肢もある。候補がたくさんある中で、誰がわざわざ嫌な女性がいる大学を選びますか。それと再戦の話ですが、あいつは権田との勝負は自分の問題だと考えています。周囲に吹聴するような性格じゃないのは、よく知ってるでしょう?」

「でも――」

奈津子は口籠って、見つめる対象を探した。

「奈津子さんらしくない、歯切れが悪いですね。なんか遠慮してるみたいですよ」

信二はそう言ってから、何故か少しきまり悪そうに目を逸らした。

「――でも、涼馬はどうして再戦なんて」

「さあ、どうしてでしょうね。何か思うところがあるんでしょ。――ただ、『しっかり負ける』つもりは、もう全くないと思いますよ」

信二は大して気に留めない調子で受け流すと、真顔になった。

「あいつが言わなかったんなら、僕が言います。一月五日午前九時、西京極。先輩にも来る義務がありますからね」

奈津子は虚空を見つめていた視線を、信二に戻した。

「義務……」

「そうです。先輩だけじゃなくて、僕にも、牛島にも。みんな、なんか区切りをつける必要があるんです、きっと。あの夏の続きを、ちゃんと見届けて」

奈津子は信二が眩しそうに目を細めているのに気付いた。振り返ると、西楼門の少し上から真っ直ぐに西日が差し込んでいた。真上はまだ暗い雲に覆われている。気付かなかったが、いつの間にか遥か西に雲の切れ間ができていた。

少し頼りない光ながら、太陽が沈む前に最後のひと頑張りをしたという感じだ。

「雨、なんとかもちましたね。でも夜は傘マークでしたから、降り出さないうちに帰ります。じゃあ来年の五日、よろしくお願いします」

そう言って信二は30度くらいの角度で礼をすると、そのまま横を通り過ぎて、西楼門の方へ歩いて行く。奈津子はこの礼は野球部だなと思いながら見送った。

そしてぼんやりと、彼の言葉の意味を考えた。

自分の意思で、自分が行きたいから、東城大学を受験する――。

涼馬と仲のいい、おとなしい子という印象だった。それがこの冬、この数か月で随分変わったような気がする。本来の彼を知らなかっただけなのかもしれない。

ダウンのポケットに手を入れて、右手で折り畳み傘、左手でスマートフォンを握りしめた。とたんに、左手に小さな振動が伝わってきた。取り出して画面を見る。

LINEのロゴと「倉野梨花」の名前がそこにあった。すぐに消えて、LINEのアイコンに赤色のバッジが一つ付いた。

梨花ちゃん――。

奈津子はそのままスマートフォンを胸に当てた。すぐに見てはいけないような気がした。絶交のメッセージだろうか。それでも仕方がない。ただあのまま別れてしまうより、きちんと言葉を交わしたかった。それを、彼女は許してくれた。

大きく息を吐いた。ああ、と声が出たかもしれない。

「葉川くん！」

奈津子は大声で呼んだ。信二が振り返る。

「ありがとう。必ず行く」

目に涙が滲んできた。雫の中で西日が反射して、視界がぼやける。

その中で、霞んだ姿の信二が、今度はさっきより浅い角度で頭を下げるのが見えた。

二

ＬＩＮＥのメッセージは入れた。うまく書けなかったけど、気持ちは伝わると思う。来てくれはるやろか。

倉野梨花は、コーヒーテーブルに置いたスマートフォンの画面を見つめたまま、ココアの入ったお気に入りのマグカップを両手で包み込んだ。ぼんやりと、上月奈津子の顔を思い浮かべる。

なんであそこまで、言うてしもたんやろ。

自分でそう問いかけたが、答えはわかり切っていた。権田くんの苦しむ原因の大部分を、この人が作った。この人が投書なんてしなければ、権田くんはあんなことにならなかった。あの時は、その気持ちに心全体が占領されてしまったのだ。

だから権田くんからもし電話がなかったら、今もうちは上月さんを憎んだままやったと思う。もう二度と、会おうとは思わなかったかもしれない。

昨日の晩久しぶりに、本当に久しぶりに「権田至」の文字をディスプレイに見た時、梨花は大袈裟でなく涙が出そうになった。

「こっちの電話には何回かけても出えへんくせに、うちはすぐ出ると思てんの？」

画面をタップして、いきなりそう言った。どうにもおかしな表現になったが、涙声を隠すのに精一杯だったのだ。だが、相手の思いのほか素直な第一声に、抑えていたものが溢れ出てしまった。

「すまん」

「何よ、いまさら。ひとがずっと心配して――」

梨花が嗚咽《おえつ》を堪《こら》える間、至はずっと黙って待っていてくれた。幼い頃に公園の鬼ごっこで転んだまま泣いている自分の横で、一緒にしゃがんで待ってくれた時のように――。

「もう、喋れるか」

それからまだ30秒、たっぷりかかったと思う。

「うん――大丈夫」

「俺、もう一回、仁科に投げることになった」

「え」

「敏也と、もう一人境風のやつ――ほら、この間お前も……お前は一緒やなかったのかな？　西寺公園に来てたやつ」

「葉川くん?」

「あ、そんな名前。あいつらが動いてくれたみたいで」

梨花は少し混乱した。この間の話では、仁科はまだ怪我の回復途上のようだった。打席に入って大丈夫なのか。そして何より、至は平静な気持ちで仁科に対することができるのか。

「それって――平気なん?」

至は、その問いには直接答えなかった。微かな吐息が漏れた。

「お前には、伝えなあかんと思ったから」

また鼻の奥がつんとしてきた。

――うちのことも、気にしてくれてたんや。

バッシングが始まってから、至がメンバーを外されて、チームが甲子園で負けて――一連の苦しい出来事の間、梨花はほとんど至と言葉を交わしていない。自分は木暮東のマネージャーやから、自分のことよりまずチームのために頑張らなあかんから――そう思って、甲子園大会が終わるまで敢えて至に連絡はしなかった。負けた後は、今度は至が電話に出ない、メッセージも返さないという状態が続いた。

上月さんの依頼を敏也に伝えて、漸く西寺公園での練習を目の当たりにした時も、至と話すことはできなかった。至には野球があるだけで、自分のことなど眼中にないのだと思っていた。自分の中からは、ひと時たりとも至がいなくなることはなかったが、反対に自分に向く至の視線を感じることは一度もなかったのだ。

だけど、ずっとじゃないかもしれないけど、忘れずにいてくれたんだ。

そう考えながら一方で、梨花は上月さんのことを至に告げるべきかどうか、激しく迷っていた。事実を伝えたい気持ちは強かったが、そうすれば上月さんとの亀裂が修復し難いものになってしまう気もしていた。

「ツイッターとか、酷かったよね」

至は無言だった。

「最初の新聞の投書があったでしょ、あの中学生の。あれをTVが脚色して採り上げたから、話が拡がっちゃったのよね」

至はバッシングが続く間、沈黙を守った。だが苦しくなかったわけはないのだ。攻撃してくる無数の見えない相手に対して、反発の感情をどれだけ溜め込んでいても不思議はない。

だから、上月さんの名前を――名前を言ってもわからないかもしれないけど――出す勇気はなかった。

「でも、もうきっと大丈夫やんな。もっと時間が経てば」

「俺、気にしてへんよ。あの投書、正論やろ」

きっとみんな忘れる――と言いかけたが、至に遮られて言葉を呑み込んだ。

正論……。

「――でも、あれ書いた人、権田くんをちっともわかってない」

「俺を知らん人に、俺をわかれって言っても無理や。普通の人は、あんな風に思うよ。だから気にしてないし、腹も立ててない」

至の声は、明るくはなかったが、沈んだものではなかった。

「それやったら、どうして——なんで電話しても出てくれへんかったん？　みんな心配してたんよ。同じチームなんやから、考えてることを伝えて練習でも何でも手伝ってもらったらええやん。一人で閉じこもらんと」

少し間があって、梨花は責める口調になったことを悔やんだ。本当にそう言えるだろうか。同じチームやったけど、そのうち何人が本気で至のことを心配していただろう。

「そやな」

至の反応はそれだけだった。

なぜもっと正直に、気持ちを口に出してくれないのだろう。なぜもっと言い訳をしたり、愚痴ったりしてくれないのだろう。マネージャーのくせにルールもまだ勉強中、運動神経も良くなくて幼い頃から泣き虫だった自分は、話し合うに値しない、頼りない女子でしかないのだろうか。

確かにそれもあるかもしれない。でも至自身も、言葉を口にすることに対して、ものすごく臆病なのではないかと思う。どんなに強くて頑張れる人でも、言葉がないと不安になるものではないか。言葉にすれば、不安が和らいだり、前を向けることもあるのに。

「権田くん、うちと話するの面倒くさい？」

また、暫く間があった。

「別に。――ほな、一月五日九時、西京極な」

　これですべてだった。

　電話が切れた直後の梨花は、一旦微笑まれた後に突き放されたような、却って寂しさが増したような気分だった。だが時間が経つにつれて、数か月前には行方さえ知れなかった至が自分に電話をかけてきてくれたこと、それに上月さんの投書に対して「正論だ、気にしない」と言ってくれたことが、自分にとってとてつもなく大きな救いに思えてきた。心の中で至の言葉を反芻して、何度も噛みしめてその意味を考えるうちに、どこかホッとするような、胸の奥がじんわりと温まってくるような、そんな気持ちになっていた。

　その気持ちに背中を押されて今日、上月さんにＬＩＮＥを入れたのだ。


　少し窓の外が明るくなったような気がする。

　夕方には降り出すかなと思ったけど、何とかもったみたい。これやったら、今日の練習は大丈夫やったやろ。冬はたくさん走らんとあかん。ウチの子は基礎体力がまだ弱いから特にそうやのに、今年は雨とか雪ばっかりで体育館でのストレッチとかキャッチボールの割合が多い。でも、今日は頑張れたんちゃうかな。

　梨花は小さく息を吐いて、マグカップに口をつけた。その瞬間、机に置いたばかりのスマホが羽音のような響きで振動した。見ると、画面に「キャプテン」の表示がある。

「はい」

「おう、俺や。突然すまん」

敏也の声はいつも通りの響きだった。それがどこか嬉しくて、頬が緩んだ。

「全然。どうしたん？」

「ちょっと予定を空けといてほしい日があってな。デートの誘いとちゃうぞ」

こういう前置きをせな話に入られへんのやろか。

「あのね、前にも言うたけど――」

「わかってる、冗談やからそれ以上言うな。空けといてほしいのは来年の一月五日や。ええか、よう聞けよ。至がもう一回境風の仁科と勝負することになった」

梨花が黙っていると、敏也の声が訝しむ感じになる。

「なんや、驚かへんな」

「ううん、びっくりしたよ」

「嘘つけ――ひょっとしたら、もう葉川から聞いたんか」

「じゃなくて、――実は昨日の晩、権田くんが電話くれたんよ」

敏也は暫く絶句した。

「マジか」

「うん。半年ぶりくらいに。仁科くんともう一回勝負するって聞いた時はホント、びっくりした」

「俺はあいつが電話をかけたことに相当びっくりしてる」

「ホンマにね」

梨花は笑った。

「じゃ、当日は来れるな？　お前も来るって、葉川に言うてしもたからな」

「行くよ。絶対行く」

「オッケ。なんや、それやったら俺が電話せんでもよかったわけか。損したな」

「そんなしょうもないことで損や得やて、男下げるで」

「やかましい」

切るぞ、と言った敏也を遮って、梨花は呼びかけた。

「ねえ、キャプテン」

そう呼ばれても否定せずに、敏也は黙っている。

「ちょっと前に、東寺の南門のところで境風の人たちと会うたでしょ」

「そやったな」

梨花はちょっと声を改めて、姿勢を正した。

「あの時、牛島くんはホンマにキャプテンなんやって、うち思ったよ」

「なんや、それは」

「こんなん言うの初めてやけど、本心やから言うよ。——正直これまでは、牛島くんて野球は上手いし成績もええけど、キャッチャーで全体を見るから、その役割分担でキャプテンになっただけなんやろなって思ってた。なんか失礼な言い方で、ごめんやけど。でも、この間上月さんたちから、権田くんのこと守ってくれたでしょ。非はあるかもしれないけど、あいつも必死なんやって説明してくれた。チームのために、一生懸命に壁になってくれた。うち、すごく嬉しかった」

敏也は黙っている。

「ああ、牛島くんてこういう人なんやって、初めてわかった気がした。ホンマにうちらのキャプテンなんやって」

「お前、なんか勘違いしとるぞ」

敏也のぶっきらぼうな声が返ってきた。

「俺はたまたま至の練習に付き合うてて、あいつが何をやってるか知ってたから、黙ってるのも変やし境風の奴らに教えたっただけや」

「……」

「あいつらから仁科の情報も聞けたしな。それで十分や。至がどう思われようと、今更俺らにとっては、どうってことあらへん」

まあ、そんなふうに言うやろね。

「なんであんな、わけのわからん奴のことを俺が説明せなアカンのや。だいたいやな――」

「わかったわかった。もうええって」

なんかいつもと逆の雰囲気やな。うちが落ち着いて、牛島くんの方が慌ててる感じ。

梨花は可笑しかった。

「今日、雨降らんでよかったね。新チームもみっちり走り込めたんちゃう？」

話題を変えると、敏也はちょっと口籠ってから、普通に戻った声で答える。

「そやな。ちょっと覗いたけど、通常メニューをこなしてから、ランニングに出て行きよった。まだあいつら細いからな、もっと気合入れんとな」

「うちも手伝いに行った方がいい？」

「いらんよ、そんなん。甘やかしたらあかん」

敏也はそっけなく言ってから、付け足した。

「お前も受験生やからな。サボってる暇ないやろ。——俺もそうやけど」

「え？　牛島くん推薦あるんやろ？」

「あったけど、一般入試受けるよ。時々おるやろ、プロ野球選手でも一流大学に一般入試で合格、とかプロフィールに書いてある奴。あれ、カッコええやんか」

「なるほど」

梨花が深く頷くと、俺らしいやろ、と笑い声が聞こえた。

「まあそれより、まずは一月五日の至と仁科や。これが白黒はっきりせんと落ち着かれへん。至もお前にまで電話してくるんやったら、それなりに覚悟を決めとんのやろ」

「うん」

「ほな、来年な。勉強頑張れ」

敏也の声が一旦遠ざかった。電話が切れるのかと思ったら、また戻ってきた。

「倉野」

少し改まった調子だった。

「よかったな」

「――うん」

ありがと、と呟いた時にはもう通話は途切れていた。

梨花はマグカップを置くと立ち上がって、窓際に歩み寄る。西の空には雲の切れ目があって、ちょっとだけ元気を取り戻した夕陽が今日に別れを告げるみたいに、わずかに顔を覗かせていた。

もう一度トークの画面を開いてみた。まだ既読になっていないが、LINEが入ったことに気付いても、アプリを開かなければ既読はつかないし、既読をつけずに読む方法だってある。

――やっぱり、うち先輩に対して失礼すぎたもんな。簡単に仲直りできるって思ったらあかんのや。上手くいかなくても我慢して、諦めずに頑張ろう。意地を張らずに、怖がらずに。

梨花は緑色の、LINEにしては長すぎる自分のトーク部分を見つめた。上月さんに語り掛けるように、ゆっくりと文字をなぞっていった。

上月さん
この間は酷いことを言ってしまいました。しかも、自分を押さえられずに、ちゃんと話が終わらないうちに逃げ出してしまって、私こそ卑怯だったと思います。ごめんなさい。
権田くんがあの危険球の後に取った態度、私も間違っていると思います。すぐに仁科くんに謝るべきでした。でも、私はそう思いながらも、権田くんを攻撃する人たちが嫌いでした。

本当の意見として言っている人もいたとは思いますが、多くの人たちは付和雷同というか、そっちに乗っかった方が気分がいいからやっているように見えたのです。

　勝負なのだから、デッドボールを当てても謝らなくていいという考えもあるようですね。どちらが正しいのか、私にはわかりません。ただ一つだけ、上月さんにわかってほしいことがあります。権田くんは、仁科くんのことをリスペクトしています。仁科くんがずっと目標で、「あいつはすごい」って、あんまり言葉にはしないけど、私にはそう考えて頑張っているのがよくわかりました。

　だから、今回のことは権田くんにとって、誰よりもショックだったはずです。

　それに私も、もし逆に権田くんが仁科くんからデッドボールを受けて、仁科くんがあんな態度を取ったら、仁科くんを許せなかっただろうと思います。だから私も、上月さんと同じような行動をしたかもしれないと思うのです。

　上月さんも悪いところがあったと思いますが、私もすごく失礼でした。だから、あいこにしませんか。だって、このまま上月さんと離れてしまうなんて、耐えられません。

　一月五日九時の件は、もうご存じですか。もしまだなら、その時間に西京極へ来てください。仁科くんと権田くんが来ます。もう一度、あの夏のやり直しです。

　必ず来てください。待っています。

梨花

三

この「蔵」へも、最近は一人で来ることが多くなった。

歳をとって、一緒に飲む相手が減ったから――確かにそれもあるが、思いを巡らせたり、記憶を辿ったりするのには、むしろ一人の方がいいと思うことも多い。

――たぶん、あとの理由の方が正解だろう。

谷口信晃は、酒を升に溢れるまで注いだ。その升の中から縁が濡れたグラスを取り上げると、まろやかな液体を口に含み、舌先で転がすようにして喉の奥へ送る。冷たい刺激が反対に胸元を熱くするのを感じながら、谷口は権田至のことを考えた。

電話口で、至の声は淡々としていた。

「一月五日九時、もう一度、仁科と勝負します。見に来てください」

その瞬間、谷口の脳裏に幼かった頃の至の姿が浮かんだ。

あの日、後ろから走って追いかけてきた至が、瞼に鮮やかに蘇ってきた。立ち止まって、息を弾ませながら泣きじゃくっていた小さな姿。それまで見たことのない、溢れ出る感情にただ翻弄《ほんろう》されるその姿は、胸に焼き付いて忘れようとしても忘れられない。

そう、あの日。

哲さんの告別式が終わって随分経っても、至が学校に現れない――その噂が耳に入ってからも、谷口は暫くは遠慮していた。だが、だんだんと心配な気持ちが抑えられなくなり、仕事が休みの日、線香を上げに権田家を訪れた。

至は最初、姿を見せなかった。母親に呼ばれて漸く自分の部屋から出てきたが、谷口と顔を合わせてもひどく暗い目をして、押し黙ったままだった。

大好きやった親父さんがいなくなった。突然の事故で——それも小さな犬を助けようとして、自身の命を奪われる形で。小学生には、まだ受け止めきれなくて当たり前やな。

「キャッチボールやりたくなったら、いつでも言うて来い」

谷口はそれだけ言って、辞去した。

今はショックやろうが、時間が薬や。もともと根性のある子やから、そのうち元気を取り戻して、前みたいな笑顔を見せてくれるやろ。

玄関を出て、そう思いながら歩いている時だった。背後からパタパタと足音が聞こえた。振り返ると、至が追いかけて走ってくる。谷口の前で立ち止まり、肩で息をする。

「どうした」

谷口が驚いて訊くと、至は急に顔を歪めて、ぽろぽろと涙をこぼした。そして、

「あいつら二人とも嘘つきや、誰の言うことも嘘ばっかりや」

そう言ったのだ。

谷口は屈んで至の顔を覗き込んだ。

「嘘つきってどういうことや、何でそんなに泣くんか、わけを言うてみい」

至は黙って、歯を喰いしばって下を向いている。谷口はそのままの姿勢で、じっと待った。長い時間がかかったが、至は時折暴れ出す激情を抑えながら、話してくれた。

事件の処理が終わってから、哲さんをはねた金融機関の営業マン二人が線香を上げに来た。二人は仏壇の前で泣き崩れて、見るからに憔悴《しょうすい》しきった顔で、こんなつもりじゃなかった、許して下さいと、平謝りに謝った。母親は、視線を合わせることはなかったが、不幸な巡り合わせでしたと言って二人をあまり責めなかった。至も、子供心にこの二人だってわざとやったわけじゃない、そう思うように努力しようと、その時は思った。

二人が辞去する時、至は二階の自室に戻っていた。玄関で挨拶する声が聞こえたので、何気なしに窓の外を見ると、帰っていく二人の姿が見えた。

あの二人もあんなに泣いて、ちょっとかわいそうやな——ほんの少しだけ、そんな気がした。ところが、次の瞬間その気持ちは吹き飛んだ。

若い方の男——ハンドルを握っていた男が、軽く身を屈めて拳を握ったように見えたのだ。今のは、——ガッツポーズではなかったか？

至は窓ガラスに額をぶつけながら、遠ざかる二人の背中に目を凝らした。もう一人の上司らしい男が慌てて周囲を見るようなそぶりをして、若い男を小突いている。若い男は首を竦めて、頭を掻きながら上司の方を向いた。横顔が見えた。

そこに屈託はかけらも無かった。何の躊躇いもない、弾けた笑顔だった——。

あの詫びは、あの涙は全部演技か。要はこっちの気持ちを和らげる——というより、騙すためにやったことで、本心から詫びとったわけやないのか。

至は泣きながらそう言った。谷口は言葉を返せず、ただ至の涙を見つめた。

法律上は無罪でも、社会的な信用がある。金融関係の会社は特に。遺族が心情的に謝罪を受け入れてくれるか、あくまで納得できないと言って反発するかは、彼らにとって大きな問題なのだろう。至の母親に会って、これで週刊誌などに駆け込むことはないと確信したのではないか。罪悪感から解放されて、気分的にも楽になったに違いない。

泣き止んだ至は、随分大人びた顔をしていた。

母親には絶対に言わないでくれと、まず釘を刺された。

「そんなことを知ったら、ただでさえ参ってるお袋が立ち直れへん。――僕、ようわかった。言葉なんてポーズで、本心を隠すための飾りみたいなもんや。もう絶対、言葉をそのまま信じるのはやめる」

小学生の至の〝宣言〟にも、谷口は何も言えなかった。

気が付くと、手にしたグラスは空になっていた。谷口は升を取り上げて、中の酒をグラスに注ぎ足す。

敏也が哲さんの死の原因について聞きに来た時、この話も伝えるべきかと一瞬考えたが、すぐに思いとどまった。確かに敏也は至のキャッチャーとして、この話を知っておくべきだ。しかし、それは至から打ち明けられて知るという形でなければいけない。

こいつならと思えば、至は勝手に話すやろ。

敏也も、あと少しや。あの子は間違いなくええキャッチャーになれる。

谷口が呷《あお》ると、またグラスが空いた。升も空になっている。手を上げて、店員を呼ぶ。

「すまん、これをあともう二本な」

「谷口さん、今日ちょっとピッチ早くないですか？」

割烹着姿の――この店の制服がそう見えるのだ――顔見知りの店員が、少し心配そうな笑顔を向ける。

「そうか？　ちょっとええことがあったから、気持ちが弾んどるんや」

「そうなんですね。じゃ持ってきますけど――無理したらあきませんよ」

「そんな商売っ気のないことでどうするんや。こんな爺さんが呑み過ぎて潰れたところで痛くも痒くもないやろ」

「寝ちゃったら、運ぶのが大変そうだから」

谷口は笑って店員の背中を見送ると、グラスの縁に残った雫を指で掬い取った。

あの至が、自分に電話をしてきた。

自分は幼い頃の至に何もしてやれなかった。あれだけ世話になった哲さんの息子に、何も。走って追いかけて、ワシに助けを求めてきたにも拘《かか》わらず、何もだ。時が流れても、心を閉ざしたままの至をただ眺めているだけだった。自分の無力さに、呆れる思いだった。

だが、その至が電話をくれたのだ。

前祝いくらい、してもええやろ。ワシも救われとる。鍋島や敏也、仁科たちのお陰やな。

谷口は運ばれてきたガラスの徳利二本を見つめて、独《ひと》り言《ご》ちた。

晴れ渡った蒼天は、半年前と同じだった。

当たり前のことだが陽射しの強さはまるで比較にならなかったし、粘りつくような熱気も感じられない。今はただ、ピンと音がしそうなほど凍てついた空気が、無人のスタンドとグラウンドを冷たく覆っていた。

谷口は、バックネット前から一塁方向へゆっくりと歩いた。

グラウンドへ降りるのはいつ以来か、記憶が曖昧なほど前のことだ。金具が土を噛む感触を味わいたくて、スパイクを履いて来ていた。そのまま一塁ベースを迂回して、芝生の上をセンターの方向へ向かう。

高校生の頃、大学野球のリーグ戦、選手としても、審判としても、数えきれない思い出の詰まった空間。

センターの守備位置あたりまで歩いて、谷口は立ち止まった。ホームベースの方向に向き直る。

美しく整備されたグラウンドは無音で、自分以外に誰もいない。だが谷口の耳には、観衆の声援、応援団の雄叫び、グラブを叩くボールの音、乾いた打球音やスライディングの音が途切れることなく木霊していた。

自分はここで、何を学んだろう。

現役を退く時には、それなりの充実感を感じた。やるだけやったという思いだった。プロへ進むことはできなかったが、そこは天賦《てんぷ》の才もある。特別な一握りの人間だけがそうなるわけで、自分はそこまでではなかったということだ。

だが苦しい練習に耐え抜いた経験が、これからの自分を支えてくれると信じた。事実、その後の人生においてもそれが羅針盤になり、大きな自信を与えてくれた。審判委員になろうと考えたのも、その自信があったからだ。就職した機械メーカーでも、配属された営業部で同じ勢いで突き進んだ。誰よりも努力すれば、誰よりも抜きんでることができる。そう信じて、妥協を拒み自分にも周囲にも厳しく生きてきた。

妻の死が、その谷口に立ち上がれないほどのショックを与えた。それまでの自分のすべてを否定されたも同然だった。妻とは学生時代に出会い、お互いを分かり合っていると信じていた。妻は、何も言わなくても自分がどうしたいのか、どう考えるのかを理解してくれて、黙ってついて来てくれる存在だと疑わなかったのだ。

妻は病を隠して谷口を支えていた。最後まで何も打ち明けず、谷口が気付いた時には手の施しようがないほど病は進行していた。それでも妻は死の直前まで「大丈夫」と微笑んでいた。谷口は仕事と審判委員に打ち込むことが責任だと信じ、妻の異変に気付かなかった自分を呪い、八つ裂きにしたいほど憎み、人生を放棄する選択を本気で考えた。

正直に言って、それからの自分は別の人間でしかなかった。何かが生きる希望を与えてくれたわけではなく、ただ存在しているだけだ。なぜ生きているのかと問われて、こうだと明確に答える自信はない。

ただ何となく食うために仕事を続け、定年後も周囲に請われるまま審判委員を続けた。自分の中で、学生時代から大切に育んできたはずのものは粉々に壊れた。周囲からは、糸の切れた凧のように見えたことだろう。あの時、谷口信晃は間違いなく一度死んだのだ。

考えてみれば、権田哲さんが少年野球のコーチに引っ張り出してくれたのも、そんな自分を見かねてのことだったのかもしれない。

谷口は深呼吸して、バックネットから内野席へ視線を巡らせた。

だめだ。いつもこう考えてきて、哲さんも自分を呼ばなければあの事故に遭わなかったのではないかという思いに辿り着く。今まで何十回、何百回と繰り返してきたループだ。自分にも、周囲にも、何も与えないし、何も生まない。沈殿して身体を蝕んでいく、遅効性の毒のようなものだ。

ふと見ると、ちょうど一塁側のダグアウトからユニフォーム姿の二人が出てくるところだった。一人はヘルメットをかぶり、バットを手にしている。仁科だった。

もう一人はグラブを手にしている。知らない顔だった――いや、よく見ればそうではない。見たことがある。たぶん、あの早朝の西寺公園で駆け出した女性を追いかけていった青年だ。

二人はすぐにこちらに気付いた。谷口と同じようにマウンドを避けて、駆け足で近づいてくる。

「おはようございます。谷口さんですよね？」

仁科でない方の青年が頭を下げた。黙って頷く。

「今日はありがとうございます。境風学園の葉川と申します」

「仁科です」

高校生らしくない、大人びた挨拶だった。

「君か、葉川君は。牛島から聞いてるよ」

谷口は仁科の方を向いた。

「もう大丈夫なんか」

仁科は軽く顎を引いた。

「大丈夫です。今日はよろしくお願いします」

仁科がそう頭を下げるのと、三塁側からグレーのユニフォームが駆け出してくるのがほとんど同時だった。権田と牛島だ。

遠目にも、二人が汗まみれになっているのがわかった。特に権田の顔は紅潮し、この空間で彼だけがサウナにでも入っているようだった。権田は一旦立ち止まり、ゆっくりとマウンドに向かって歩いて行く。顔をこちらに向けて、帽子のツバにちょっと手をやった。

牛島は真っ直ぐにセンターまで走ってきた。

「おはようございます」

「だいぶん投げたんか」

「雨天練習場で。至がそうじゃないと意味がないって」

「そうか」

仁科が牛島を見て、少し頭を下げた。牛島が頷き返す。仁科は向き直ってこちらにもお辞儀をすると、ホームベースの方へ走っていく。牛島は見送って、こちらを見た。

「ほな、行きます。鍋島さんも来てはります。さっき裏の通路で会いました」

そう言うと、駆け足で仁科と同じ方向へ向かった。

見ると、審判委員の服装の鍋島がホームベースに向かって歩いて行くところだった。一度立ち止まり、こちらを見て深く礼をした。

「僕は、守ります」

葉川はグラブに拳を叩きつけて、二、三メートルだけ谷口から離れた。

「君は外野手か」

「いえ、本業は捕手ですけど、補欠ですからどこでもやります」

谷口は頷いて、視線をホーム方向へ戻す。

仁科が素振りをしていた。驚くべきことに——ではなく、谷口にとっては予想した通りに、というべきだろう。一塁側ウェイティングサークルで、左打者として、二度三度と鋭くバットを振りぬいていた。

「すみません」

少し離れた右側から、葉川の声がした。

「右打席には、まだ入れません」

「わかってる」

谷口は顔の向きはそのままに、ちらと視線を葉川に投げた。

「頭部死球を喰らっとるんや。恐怖心を乗り越えて打席に立つのは、言うほど簡単やない。今はあれが精一杯やろ」

そう言ってから、暫くして改めて葉川の方に向き直る。

「けどな、投手も同じや。右打者に対したら、ぶつけた時のシーンがフラッシュバックして普通はすぐに内角に投げられへん。左打席は、至にとってもありがたいはずや」

鍋島が牛島に何か言ってから、両手を高く上げて権田と、仁科を順に見た。

「じゃあ、始めるぞ。勝負は一打席。権田君、投球練習を」

「3球でいいです」

権田が大きな声を上げた。鍋島は黙ってマスクをかぶる。牛島が座った。

谷口は腕を組んで、一度目を閉じた。

審判委員は、どこまでも関わった子らを見守ってやるべし。

若かった頃は、この言葉を子供たちを教え、導いてやるような感覚で使っていた。だが、今は全く違う。以前と違う谷口信晃を生き始めてから、自分には教え導くことなどできないという思いが強い。普段はOB会長という立場もあって母校のチームにはうるさいことを言っているが、同時にお前にそれを言う資格があるのかと自問する日々だった。

牛島のミットの響きが聞こえた。球に伸びがあるのだろう、いい音だ。

だが、達観とまでは言えないが、いろいろなことを自然と受け止めることができるようにもなった。昔は青かったと思いつつ、あの日々にはあの勢いが必要だったというふうにも、少しは思えるようになった。たぶんこれが、歳をとるということなのだ。

2球目の音が響く。至の睨みつけるような視線が目に浮かぶ。

あの夏の日、死球を目の当たりにした時点では、あくまで傍観者として成り行きに任せるつもりだった。だが正直、至のことは気になったし、鍋島がやって来て、放っておけなくなってしまった。それが良かったのか悪かったのかわからないが——まあ、ワシみたいなのが関わっても関わらんでも、こいつらは自分たちで何とかしよったやろけどな。

この子たちは幸せや。怒りとか悲しみとか悔しさとか、自分の中のモヤモヤしたわけのわからんものを野球にぶつけることができる。上手いとか下手とかは関係ない。ひょっとしたら野球が好きか嫌いかも、それほど関係ないかもしれん。

世の中には、まだそういう戦う対象に出会っていない子たちが——大人もか——ぎょうさんおるんやから。

三度目のミットの音を合図に、谷口はゆっくりと目を開いた。

空気は澄んで、視界にいる四人の姿をくっきりと浮かび上がらせていた。

肩幅より少し広く足を開いて、仁王立ちする権田の背中。左打席の足元を均《なら》す仁科。右ひざを地面につけて、拳でミットを叩く牛島。その後ろから、真っ直ぐに権田を見据える鍋島。

谷口は目を細めた。

——始まるな、夏の続きが。

エピローグ　〜西京極、冬

鍋島が右手を上げて、大声でプレイ！と叫んだ。

至は微かに頷くと、振りかぶった。足が上がる。

素早いフォームで投じられた球は左打者の外角高め、あの「危険球」よりはベース寄りのコース——谷口がそう見た瞬間、涼馬の腰が鋭く回転し、バットが一閃《いっせん》する。

ボールはそのままの勢いで敏也のミットにめり込んだ。空振りだ。

至はほんのわずかの間、天を仰ぐ仕草をした。球はシュート回転して、敏也は最終的にボールゾーンで捕球していた。涼馬はしかし、外角高めのストライクコースに真っ直ぐバットを合わせにいったように見えた。

谷口の網膜には、スイングの残像がくっきりと残っていた。鋭い振りだった。俄《にわ》か左打者とは思えない。涼馬が抜群のセンスに恵まれている事実よりも、今日この日に向けてどれだけ振り込んできたか、そちらを想像する方が背筋に冷たいものが走る。

梨花は、1球目を見届けると、無人の内野スタンドを三塁の方向からホームの真後ろ、バックネット裏に向かって歩いた。目を凝らして見回すが、奈津子の姿は見えない。

思いは届かなかったのか——。

いや、そんなはずはない。奈津子さんやったら来てくれはる。絶対に。

至の投球テンポは速い。梨花は立ち止まり、視線をマウンドに戻した。


敏也が立ち上がってボールを投げ返す。至は受けると、一、二度肩を上下させて、すぐにプレートに足をかけた。再びモーションに入る。足が上がった。

同じコースだ。左打者の外角高め——涼馬のバットが鋭く出る。が、鈍い音がして、打球は三塁側に舞い上がった。突き抜けるような空に向かってふわりと上昇し、黒い点になった。勢いはない。そのままスタンドに落下し、乾いた音を立ててバウンドした。鍋島がファウルボールと叫び、新しいボールを取り出す。

今の球もシュート回転に見えた。1球目ほどではないが、それでも真っ直ぐでない回転がボールの軌道を微妙にずらしている。

至は帽子をとって、左手のアンダーシャツで汗を拭う。くるりとセンター方向を向くと、視線を下に落としたまま二、三歩、二塁ベースに向かって歩き、やがて顔を上げると、立ち止まった。バックスクリーンの方を見ながら肩を上下させて、空を見る。大きく息を吐いてホームに向き直ると、プレートの位置へ戻っていく。

打席の涼馬はバットを立てて、じっと至を見据えている。

奈津子は、スタンドから通路へ向かう出口の傍らにいた。スマートフォンに、知らず知らずのうちに指を滑らせていた。講義のノートをとったり、記事の下書きに使うメモのアプリだ。今、対峙する涼馬と至の姿を瞼に焼き付けたい。そして脚色無く、あるがままに自分の言葉で記録したい。

そういえばあの夏の投書も、このメモから生まれたのだった。ここのファイルを新聞社の投稿サイトへ送ったのだ。あの時は、そうすべきだと信じて。

確かにあれは無責任な喚《わめ》きでしかなかった。だが今度は違う。自分は今、事件のその後を目の当たりにしようとしている。真実を伝えるのは、それを知った者の義務なのではないか。

3球目、至は大きく振りかぶった。珍しくひと呼吸置いて、そのままの姿勢でホーム方向を睨み据える。しかしそこから、いつもの素早いモーションが起動した。足を上げて、弓を引き絞るように上体を捩《ね》じり、一旦三塁側に向けた視線を戻すと一気に右腕を振り下ろす。放たれた矢は同じコースだ。外角高め、ストレート。

涼馬の腰が鋭く回転する。バットが撓《しな》り、まるで鞭が伸びて襲い来るボールを激しく打ち据えたように見えた。少し遅れて、硬く鋭いが、深い音が響いた。球を芯で捉えて弾き返す音だ。谷ロの背中が強張《こわば》る。

打球は低い角度で飛び出した。左中間のちょうど真ん中をスタンドへ向かってぐんぐん伸びていく。信二は弾かれたように身を翻《ひるがえ》し、打球を追って一直線に背走する。

あの当たりでは追いつくのは無理だ——そう思った直後に、谷口は思わず体ごと左中間に向けて、前屈みになって目を凝らしていた。信二は最短距離で走っている。しかも速い。打球は——見上げると、やや失速気味だ。真っ芯ではなかったか？　球威に押されたか？　これではフェンスまで届かない。追いつけるか？

信二は腕を伸ばし、そのままの姿勢でダイビングした。が、打球はグラブの先をかすめて芝生へ落ち、フェンスに向かって転がった。信二は胸から激しく地面に滑り込んで、腹這いに倒れたまま動かない。

谷口が目を向けると、至は投げ終わったままの姿勢で、打球を追ってはいなかった。だが、その背中には痛打されたショックも、敗北感も感じられない。むしろどこか堂々とした、達成感のようなものが漂っている。敏也は立ち上がってマスクを外したが、こちらも落胆の表情ではなかった。軽く親指を立てて、至に向かって頷いて見せた。

涼馬は一塁を回ったところで立ち止まっていた。倒れ込んだ信二の方を見ている。鍋島がおもむろに両手を横に開き、セーフのジェスチャーをした。信二が起き上がるのが見えた。

至は3球とも、同じ球を同じコースへ投げた。いや、正確に言えば初めの2球はシュート回転をして左打者から逃げていく軌道になったが、最後の1球は見事な縦回転の素晴らしいストレートだった。涼馬は、至がすべて同じコースへストレートを投げてくると信じていたのだろう。スイングには全く迷いが無かった。1、2球目にはズレが生じたが、3球目、まさにその読み通りの球をドンピシャのタイミングで捉えた。だが、回転の効いた至のストレートの球威が勝ったか、急造左打者の弱みが出たか——フェンス前で打球は勢いを失った。

信二がユニフォームの泥を払いながら、ゆっくりと戻ってくる。涼馬はそれを見届けてから、ホームの方向へ踵を返した。信二は谷口の前で一旦立ち止まると、一礼をした。再び走り出し、涼馬に追いつくとナイスバッティング、と声を掛けて肩を叩いた。二人はそのまま鍋島の前に向かって走っていく。

「いいスイングだった」

「いえ」

「東京へ行くらしいな。大学ではバッターでいくのか？」

「まだ決めてません。ピッチングも少しずつ始めてるので、どっちかがクビになるまで両方頑張ってみます」

鍋島は頷いて、右手を差し出す。涼馬は握り返しながら、頭を下げた。

「葉川君は、本職の外野手じゃないだろう」

鍋島は、今度は信二を見る。

「違います。やっぱり追い方が変ですか」

「そうじゃない、君が捕手なのは知ってるよ。スタートがいいからびっくりしたんだ。足も速いし、追い方も無駄がなかった。いいセンターになれる」

信二がきょとんとして、戸惑った表情を浮かべるのが遠目にも見えた。

至がゆっくりとマウンドを降りて、ホームベースに向かって歩いて行く。涼馬と信二が、敏也と握手を交わしている。

鍋島が至に声を掛けた。

「いいボールだった」

至は黙って頭を下げた。信二が差し出す右手を、少し躊躇った様子を見せてから握る。

涼馬も右手を出した。至は暫くそれを見つめてから、ゆっくりと握りしめた。


『危険球を超えて』──ファイルにつけたタイトルを、奈津子は見つめた。

涼馬と至の対決をあるがままに記そうと思った。無責任に叫んだ夏の投書にそれなりの結末を付加できる。罪の意識も薄らぎ、気持ちは落ち着くだろう。

しかし、それでいいのだろうか。書いているうちに、わからなくなった。果たして今の自分に、それを「知っていること」として伝える資格があるのだろうか。

奈津子はスマートフォンの画面から視線を外して、俯《うつむ》く。

そうではない気がする。あたしは何も知らないのだ。

見た事実をそのままなぞっても、真の意味まで理解したことにはならない。だから、今のまま形を整えて落ち着くことは許されない。安易に落ち着いたら、たぶん自分はそこで止まってしまっう。したり顔でコメントして、終わりにしてしまうだろう。だがそれは自分を偽ることであり、義務を果たすどころか、責任から逃れるだけの罪悪なのではないか。

奈津子は顔を上げた。グラウンドを見つめる。

涼馬も、権田くんも、前に進もうとしている。彼らの物語はまだ終わらない。あたしは、それを見届けなくてはいけない。

今は、自分が何者なのかわからない。すごく不安だし、苦しい。

でも――あたしも一緒に前に進みたい。

奈津子はファイルを閉じ、暫くタイトルを見つめてから、削除ボタンをタップした。


梨花の視界の端に、白いコートが映った。

顔を向けると、通路へ向かう出口の陰に隠れるように、奈津子が立っていた。

「上月さん」

声を掛けて駆け寄りながら、梨花は自分の姿を頭の中で鏡に映してみた。母校の帽子とスタジアムジャンパー。下はジーンズにスニーカーだが、球場に行くとなった時点で服装はこれしか浮かばなかったのだ。目の前の奈津子の豊かな髪の黒と、コートの白が眩しかった。改めて、奈津子が女性として、自分の遥か前を歩いている先輩なんだと思った。

「梨花ちゃん」

奈津子は微笑んだが、それはどこか躊躇《ためら》った感じの笑顔だった。

梨花は頬が上気するのを感じた。真っ直ぐに見ていられなくなって、頭を下げた。

「この間はごめんなさい。うち、すごく失礼で――」

「いいの、悪いのはあたし。もう会ってくれないと思ってた」

奈津子が手を伸ばして、梨花の左肘のあたりに触れた。梨花は右手で、まるでそれを逃がすまいとするかのように掌を重ねた。

「今日、すごくきれいです、奈津子さん。なんか、いつもよりずっと」

「何言ってるの」

目を伏せた奈津子の表情から、徐々に強張りが薄らいでいく。奈津子の手は冷たかったが、掌を重ねていると自分の体温が伝わっていくのがわかった。

「名前で呼んでくれたの、久しぶりね」

奈津子はいつもの笑顔になって、きゅっと鼻に皺を寄せた。

「権田くんと涼馬が、握手したでしょう。あたし、彼らの信頼関係って、何一つわかっていないって思う。そう思うんだけど、――だからこそ、かしら――あのシーンにすごく嬉しくなっちゃった」

梨花は掌に力を込めた。

「権田くんが、あれは正論だって」

奈津子がしっかりと梨花を見詰めたまま、少し首を傾げる。

「あの投書のこと、もちろん奈津子さんのことは言わなかったけど、権田くんと話したんです。

彼、あれは正論だ、普通の人はあんな風に思う、って言ってました」

　奈津子はゆっくりと頷いた。

「ありがとう」

「もう東京へ、帰らはるんですか」

「今日の夕方に戻るわ。下宿も去年の年末から放ったらかしで、大掃除もしてないし」

「うちが卒業しても、会ってくれますか」

「梨花ちゃん、進路決まったの？」

　梨花はちょっと俯いた。また掌に力が入る。

「受験しますけど、うち、頭悪いから……」

　奈津子は、左手でそっと梨花の右手を包み込んだ。

「どこへ行っても、ずっと友達よ。あたしたち」


　選手控室で着替えを終えてボストンバッグを持ち上げた時、鍋島はふと気配を感じて振り向いた。

　至が立っていた。

「どうした？」

　呼びかけたが、返事はない。ただこちらをじっと見ている。

「今日はいいものを見せてもらったよ。俺にとって、最後に相応しい――」

「鍋島さん」

至が遮るような口調だったので、鍋島は口を噤んだ。

「審判、続けてください。お願いします」

至は大声で言って、深々と頭を下げた。暫くそのままの姿勢でいたが、やがて失礼します、と小さく言うとこちらの返事を待たずに駆け出して行った。

鍋島はぼんやりとその場に立ち尽くしていた。

「生徒は許してくれへんみたいやな」

声がして我に返ると、入口に谷口が立っていた。ゆっくりと控室に入ってくる。スパイクの金具が硬い音を立てた。

鍋島はボストンバッグを下ろすと、溜息を吐いた。

「いずれわかってくれるでしょう」

「どうかな。正直、ワシもわかってない」

谷口はそう言って、パイプ椅子に腰を下ろした。鍋島は谷口に向き直った。

「決めたことですので」

「もう一回考えても、バチは当たらんやろ」

「申し上げた通り、誤審の責任を取らないと気が済みません」

「お前だけの気が済んでもしゃあないやろ」

鍋島は黙った。

「まあ気持ちはわからんじゃないが、権田はああ言うとる。お前の負うべき責任は、まずは権田に対してやないんか」

谷口はスパイクの紐を解いて、傍らのバッグを引き寄せると中から履き替えるスニーカーを取り出した。その上に足を置いて、脱いだスパイクに着いた泥を落としにかかる。布で金具を磨くように、丁寧に拭っていく。

鍋島はその仕草を見詰めながら考えた。

「それは、確かにそうですが——」

「責任ちゅうても取り方はいろいろある。審判がお前の商売やったら、職を辞するのもその一つやろな。収入が断たれるわけやから。けど、そのまま誤審の十字架を背負っていくのもまた、一つのやり方や」

俺は、単に逃げようとしているだけなのだろうか——。

「『危険球退場の鍋島』、これはずっとついて回るやろ。確かに今までは批判的な意見は少なかった。そやけどな、時が経つと蒸し返す奴は出てきよる。忘れた頃に、あれは誤審やった、鍋島は責任も取らんと審判を続けとる言うて、叩かれるかもしれん。それを全部受け止めて、ずっと権田や、仁科のことを見守ってやるのもまた、責任の取り方や」

審判委員は、どこまでも関わった子らを見守ってやるべし——。

「権田は、これからどうするんですか」

谷口はスパイクをバッグに仕舞うと、鍋島を見上げて柔らかく笑った。

「心配すな。あの素材を放っておくほど、関西の学生球界もアホやない」

「じゃあ――」

「あいつらの勝負は続いていくんや。仁科は東京へ行くんやろな。あの葉川ちゅう子はどうするか知らんが、あれは自分をわかってないだけやな。ええ選手になるかもしれん。権田と牛島は関西で野球を続ける。つまりは、みんな引き続きお前の生徒ちゅうわけや」

鍋島は唇を引き結んで、天井を見上げた。

「あいつらはこれから大人になっていくところや。一生懸命やっとるが、まだまだ支えも必要な時期やと思う」

谷口はスニーカーの紐を結び終わると、立ち上がった。

「もう一回、よう考えろ。伏見の酒蔵やったら、いつでも付き合うぞ」


至は走った。

通路を抜けて、グラウンドへ飛び出す。そのまま一気にマウンドを駆け上がり、プレートの位置で立ち止まって、外野の芝へ視線を向けた。少し息が弾む。

何故自分はいつもああなのか。伝えたいことはもっとあるのに。

無人のスタンドを、レフト側から順に眺めていった。誰の姿も見えず、何の音もしない。夏の喧騒が思い出せないほど、ひっそりと静まり返っている。まるで張り詰めた冷気が時間を止めてしまったかのように。その中で、自分の吐く白い息だけが現れては消えていく。

視線を落とし、足元を見つめた。――このマウンドに対してはどうだろうか。ここへも、自分は思いを伝えきれていないのかもしれない。

土をつまみ上げて、指の腹をこすり合わせる。細かい粒子がこぼれ落ちていくが、指先にしっとりとした感覚が残った。ボールが滑らず、しっかりと指にかかる予感。

呼吸が落ち着いてきた。

確かに、伝えられているかどうかはわからない。だが、マウンドはそんな自分でも黙って受け入れてくれた。それは確かだ。前進も、挫折も、いつも見守ってくれていた。周りが皆敵に見えた時も、この場所は味方だった。だから、続けてこられた。

至は顔を上げた。そうだ、そして――。

俺を受け入れてくれたのは、マウンドだけじゃなかった。当たり前かもしれんけど、グラブやボールだって、俺をいつも待っていてくれた。手入れをサボっても、乱暴に扱っても、文句ひとつ言わずに。

――それよりも。

黙って見ていてくれる人がいた。投げる時、受けてくれる奴もいた。何より、勝負を挑む相手がいてくれた。

どれも、当たり前じゃなかったのかもしれない。

「なんか忘れ物か」

驚いて振り返ると、いつの間に来たのか――いや、さっきからそこにいたのか。

ユニフォーム姿のまま、涼馬が立っていた。

「今日はちょっと押されたけど、次はオーバーフェンスや。覚悟しとけ」

言葉と裏腹に、ずいぶんと柔らかい声だった。至は向き直り、その姿を真っ直ぐに見つめた。

涼馬も澄んだ目で、その視線を自然に受け止める。

互いの体温で、凍《こご》えた空気がほんの少し溶けた。至の頬が微かに緩む。

「ヘタクソで、すまん」

二人の上には、青く突き抜けた冬の空があった。

《参考文献》

・『京都の歴史を歩く』（小林丈広、高木博志、三枝暁子　岩波書店）
・『京都ぎらい』（井上章一　朝日新聞出版）
・『京都』（林屋辰三郎　岩波書店）
・『京・伏見 歴史の旅』（山本眞嗣　山川出版社）
・『ぼくの動物園日記』（飯森広一　ジャンプコミックス）
・『公認 野球規則』２０２２（ベースボール・マガジン社）
・『立命館あの日あの時 衣笠球場ものがたり』（インターネット資料）
・『日本１０００公園』（インターネット資料）
・『体育活動における頭頸部外傷の傾向と事故防止の留意点』（独立行政法人日本スポーツ振興センター）
・『アマチュア野球規則委員会による公認審判員の資格制度実施要領』（インターネット資料）
・《ナンバー》（Sports Graphic Number）ほかスポーツ誌バックナンバー

この物語はフィクションです。
本作は第四回京都文学賞最優秀賞受賞作を改稿した作品です。

危《き》険《けん》球《きゅう》
二〇二四年十月二十日　印刷
二〇二四年十月二十五日　発行
著者　木《き》住《すみ》鷹《よう》人《と》
発行者　早川浩
発行所　株式会社　早川書房
郵便番号　一〇一 - 〇〇四六
東京都千代田区神田多町二ノ二
電話　〇三 - 三二五二 - 三一一一
振替　〇〇一六〇 - 三 - 四七七九九
https://www.hayakawa-online.co.jp
定価はカバーに表示してあります

Printed and bound in Japan

印刷・製本／三松堂株式会社

ISBN978-4-15-210367-3 C0093

乱丁・落丁本は小社制作部宛お送り下さい。
送料小社負担にてお取りかえいたします。